WAHRE FREUNDSCHAFT

Einige Auslandsreisen inspirierten mich zu diesen Gedanken.

Georg Papke

WAHRE FREUNDSCHAFT

GESCHICHTEN, DIE DAS LEBEN SCHRIEB

© 2021
Herstellung und Verlag:
BoD – Books on Demand, Norderstedt
ISBN:978-3-7534-0661-9

INHALTSVERZEICHNIS:

1. GEDANKENSPIELE

Als ich abends im Bett lag ließ ich kurz vor dem Einschlafen den Tag noch einmal Revue passieren. Ich ging die vergangene Zeit noch einmal durch. Was hatte sich bei mir schon ereignet?
Nichts!
Ich musste zugeben, dass ich mich in letzter Zeit recht hängen gelassen hatte, seit ich vor einem Jahr überraschend Witwer geworden war.
Wir waren viel unterwegs gewesen, meine Frau oft dabei. Jetzt waren die Kontakte zu unseren Bekannten abgebrochen, die Kinder zu weit weg und die Reisetätigkeit war völlig eingeschlafen.
Lediglich lief ich mehrmals in der Woche auf den Friedhof, um die Blumen zu gießen. Sonst ging ich nur noch zum Einkaufen aus dem Haus.
Wollte das meine Frau so?
War sie immer noch eifersüchtig?

Genau genommen waren wir früher wohl eine typisch deutsche Familie, die sich nur um ihr eigenes Wohl kümmerte.

Soziales Engagement fand bei uns nicht statt. Man war eher geneigt mit Urlaubs-Bräune und Reiseerlebnissen zu prahlen. Eigentlich grausam einseitig und egoistisch!

Als ich mir dessen bewusst wurde, nahm ich mir vor, das gründlich zu ändern. Auch wenn ich noch in diesem Jahr 75 Jahre alt würde.

Aber wie?

Ich müsste mir einen Plan machen, nach dem ich dann vorgehen könnte.

Es müsste etwas dabei sein für *draußen* und etwas für *drinnen*.

Für draußen, also eine soziale Tätigkeit, könnte ich vielleicht bei der Diakonie oder dem Rathaus finden. Nach dem Urlaub würde ich dort mal sehen, ob sich etwas bot, was mir liegt und auch etwas Spaß macht. Ich hatte gelesen, dass eine ehrenamtliche Arbeit auf jeden Fall auch mit

Begeisterung verbunden sein muss, sonst befriedigt sie keine der beiden Seiten. Bei SES wollte ich mich nicht mehr melden, obwohl ich immer noch regelmäßig die Zeitschrift bekam.

Und für drinnen wäre da der PC mit meinen vielen Urlaubs-Fotos. Sonst wären sie geradezu nutzlos. Ich könnte ja Vorträge zusammen stellen und sie anderen Leuten zeigen, um sie zu begeistern und vielleicht sogar animieren auch selbst zu reisen.

Gut, nach dem Urlaub.

Jetzt überlegte ich erst mal, was ich alles mitnehmen müsste. Es war ja nun ganz anders als früher, wo meistens mir meine Frau diese Überlegungen abgenommen hatte.

Ich nahm mir vor so wenig wie möglich aber doch alles, was ich brauchen würde, einzupacken. Das verteilte ich auf zwei handliche Rollis. Für meine Papiere hatte ich die Flugtasche, die ich bei Bedarf auf einen Rolli stecken konnte.

Dann schlief ich ein.

Schweiß gebadet wachte ich am nächsten Morgen auf. Eigentlich hatte ich 8 Stunden gut geschlafen, wie immer. Doch gegen Morgen dann dieser Traum! Ich war irgendwo im Ausland und hatte einen wichtigen Auftrag zu erfüllen. War es im Rahmen von Senioren Expert Service (SES), wo ich mich vor Jahren angemeldet hatte, leider aber bisher nicht teilnehmen konnte, weil ich immer gerade zu der Zeit privat eine längere Auslandsreise gebucht hatte?

Nein!

Da war doch niemand, der mir Anweisungen gab, was für SES typisch war.

Aber im Flugzeug hatte ich gesessen, das wusste ich noch. Deutlich hatte ich durch das Fenster einen Fluss und Palmen gesehen. Na, das konnte natürlich überall sein.

Der Traum ging mir den ganzen Morgen nicht aus dem Kopf.

War das etwa der *nadi reader* in Indien, der mich jetzt wecken wollte?

Oder war es nur die innere Unruhe, die aus dem Winterschlaf erwacht war?

2. LAST MINUTE

Beim Frühstück kam mir plötzlich der Gedanke zum Flughafen zu fahren. Vielleicht würden mich die vielen verschiedenen exotischen Düfte der großen weiten Welt, die sich dort kreuzen, inspirieren.

Genau genommen konnte ich das Haus hier getrost einige Zeit alleine lassen. Denn meine Nachbarn hatten einen Zweitschlüssel und schauten nach dem Rechten, wenn ich nicht da war.

Ich packte einige wenige Sachen zusammen in zwei kleine Koffer.

Als ich auf die Straße zu meinem Auto ging, stand meine Nachbarin auf dem Balkon.

Wohin schon so früh?

Weg!

Wohin?

Weit weg - und dabei zeigte ich nach Südosten.

Wie lange?

Ist noch ungewiss!

Dann stieg ich ein und fuhr ab.

Sie stand noch lange auf dem Balkon und überlegte, was das wohl zu bedeuten hatte. Nach Südosten hatte er gezeigt. Wohl wieder nach Israel. Oder aber nach Indien? Auch Australien könnte er gemeint haben.

Egal, sicher wird er uns wieder eine Karte schreiben wie immer, dann wissen wir es.

Ziellos bummelte ich durch das riesige Flughafengebäude. Da kam schon ein leichtes Fernweh auf – die Erinnerung an manches Erlebnis.

Schließlich kam ich auf der Galerie auch an den Verkaufsständen der Reisebüros vorbei. Besonders angeboten wurde Kuba und Kroatien. Ja, sogar Ukraine war dabei. Da war doch erst kürzlich ein regelrechter Bürgerkrieg gewesen.

Mit dem Tourismus kann man ein Land auch wieder ganz schön fördern. Doch leider haben viele Menschen Angst in so ein Land zu gehen.

Sie fürchten nicht nur um ihre Gesundheit, sondern glauben auch, dass der Komfort darunter leiden könnte. Und das will sich doch niemand antun. Man möchte sich hinterher von Bekannten nicht bemitleiden oder verlachen lassen.

Aber am meisten Werbung machten die Reisebüros zur Zeit für Ägypten. Dort hatte sich der Tourismus immer noch nicht erholt von dem Attentat in Theben, wo fast 70 Touristen von Terroristen erschossen worden waren.

Unwillkürlich blieb ich vor einem großen Plakat stehen:

Luxor, 15 Tage Halbpension im 5 Sterne Hotel „Exzelsior" für nur 499,00 Euro! Dazu sogar noch 15 Tage kostenlosen Parkplatz auf dem Flughafen.

Das Hotel kannte ich vom Vorbeigehen, es hatte einen guten Eindruck gemacht. Wenn auch die 5 Sterne nicht so viel zählen, wie bei uns. Zwar gab es kein Ausflugsprogramm, aber das brauchte ich ohnehin nicht, denn ich bewegte mich lieber alleine.

Das war ein sensationeller Preis!

Gerade wollte ich an den Schalter des Reisebüros gehen, in dem Moment stand eine junge Frau vor mir und nahm das Plakat ab, um ein anderes aufzuhängen.

Warum nehmen Sie das Plakat ab?

Weil die Reise ausgebucht ist.

Schade, gerade hatte ich mich entschieden, diese Reise zu buchen.

Zu spät!

Aber wir haben noch einige andere Ägypten- Reisen im Angebot. Wie wäre es mit 14 Tage Kairo oder einer Nilkreuzfahrt von Luxor bis Assuan. Dann haben wir noch etwas Besonderes im Programm:

Eine Oasen-Rundreise durch den Westen Ägyptens, sie ist allerdings etwas teurer.

Kennen Sie schon Assuan?

Ja, kenne ich, war schon 3 mal in Assuan, Kairo und auch in Luxor. Nein mich interessiert nur *diese* Luxor-Reise.

Dann besann sie sich und meinte, dass ein Platz nur vorgemerkt sei und zwar bis heute 10.00 Uhr. Sollte der Herr zurück treten oder gar nicht kommen, wäre der Platz noch frei.

Bis 10.00 Uhr – es war jetzt kurz vor 9.00 Uhr – dann komme ich um 10.00 Uhr nochmals vorbei.

Ich ging, denn ich musste jetzt meine Parkplatzgebühren verlängern, die liefen um 9.00 Uhr ab.

Ich hasse die Parkgebühren, die man im voraus zahlen muss, weil man nie genau weiß wie lange man bleiben möchte.

Ich verlängerte bis 10.00 Uhr und ging schnell etwas Essen. Das würde zeitlich genau passen.

Kurz nach 10.00 Uhr stand ich erwartungsvoll wieder am Schalter. Vor mir ein Kunde, der tausend Dinge fragte, sich auch Notizen machte, aber nichts buchte!

Endlich war ich an der Reihe. Ich fragte, ob denn der Herr die Luxorreise genommen hatte.

3. LUXOR

Die junge Frau grinste mich viel sagend an. Auf meine Frage nach der Luxor-Reise nickte sie nur.

Es ist aber nur noch ein Platz frei.

Genau richtig, ich bin alleine. Sie ging nach hinten, um die Unterlagen zu holen.

Sie war eine sympathische junge Frau.

Schon stand sie wieder mit den Unterlagen vor mir und ich buchte.

Beim Bezahlen gab sie mir noch einen Gutschein über 50 €, freilich erst einzulösen innerhalb eines Jahres für eine weitere Reise. Während sie schrieb hatte ich Zeit sie genau zu betrachten. Sie sprach einwandfrei Deutsch, allerdings mit einem kleinen Akzent. Auch der Hautfarbe nach schien sie keine Deutsche zu sein. Sie war aber schick gekleidet - ein richtiger Blickfang! Da wir gerade alleine waren fand ich den Mut sie anzusprechen.

Sie machen Ihre Arbeit hervorragend. Aber eine Deutsche sind Sie sicher nicht?"

Nein, ich bin in Ägypten geboren, aber seit meinem 8. Lebensjahr lebe ich in Deutschland.

Daher also Ihr Begeisterung für Ägypten.

Ja, ich war auch schon einige Jahre Reiseleiterin für Ägypten-Reisen.

Dann meinte sie weiter, dass sie mir Stunden lang über Luxor erzählen könnte.

Aber, da ich schon mehrfach dort war, würde ich mich sicher auch schon ein wenig auskennen.

Einige Tipps möchte ich Ihnen aber trotzdem mit auf den Weg geben:

Seit des Anschlages in Theben sind die Sicherheitsmaßnahmen für Touristen verbessert worden. Vor jedem Hotel steht jetzt Polizei oder Militär. Sie kontrollieren genau, wer ein und aus geht. In der Stadt können Sie sich aber völlig frei bewegen. Da gibt es viele interessante Dinge zu sehen. Sie kennen sicher die beiden großen Tempel in Luxor und in Karnak. Sie waren ursprünglich durch eine prächtige Widder-Allee miteinander verbunden. Noch ansatzweise erkennbar an beiden Tempeln. Im Laufe der Jahrhunderte war die Trasse durch Erdbeben verschüttet und mehrfach überbaut worden, so dass sie nun an manchen Stellen fast 10 Meter unter der Erde liegt. Der derzeitige Bürgermeister hat sich auf die Fahne geschrieben, die gesamte Trasse wieder frei zu legen. Freilich musste dazu die jetzige Bebauung in diesem Bereich aufgekauft und abgerissen werden. Bis auf eine Moschee hat es überall geklappt. Nach zähen Verhandlungen ist nun eine Lösung in Sicht. Es ist jetzt im Gespräch, dass die Moschee abgetragen und an eine andere Stelle versetzt werden soll. Das Versetzen hat in Ägypten Tradition.

Da die Trasse etwa 10 Meter tiefer liegt als das jetzige Gelände ringsum, kann der Verkehr durch Brücken ungehindert über die Widder-Allee weiter fließen und es gibt keine Trennung in Stadtteile. Das Ganze ein grandioses Unternehmen, aber es wird dazu beitragen, dass der Tourismus davon enorm profitiert. Und der Bürgermeister wird einen Orden bekommen.

Dann hatte sie noch einen wichtigen Hinweis:

Die ägyptische Mentalität werden Sie ja schon kennen gelernt haben. Ich gehe davon aus, dass sie mit der Neugier meiner Landsleute kein Problem haben. Aber sicher ist es für einen Fremden immer etwas komisch, wenn man gnadenlos ausgefragt wird. Aber, wenn Sie sich ausfragen lassen, dann haben Sie auch das Recht ihre eigenen Fragen zu stellen.

Da kam mir schon eine interessante Frage.

Die älteren ägyptischen Männer tragen oft noch eine Gelaba. Darf ein Tourist auch eine Gelaba tragen oder ist das eine Beleidigung Ihrer Kultur?

Im Gegenteil, Sie werden in einer Gelaba nicht als reiner Tourist eingestuft werden, sondern man wird Sie als einen Besucher ansehen, der sich für unsere Kultur interessiert. Obwohl man Sie immer als Westeuropäer erkennen wird aber das macht nichts.

Der Kontakt zur Bevölkerung wird Ihnen dadurch natürlich wesentlich erleichtert. Sollten Sie von älteren Menschen angesprochen werden, die kein Englisch sprechen, so können Sie sicher sein, dass schnell eine jüngere Englisch sprechende Person zur Stelle ist.

Voraus gesetzt, Sie wollen das.

Das war für mich eine wichtige Aussage. Und ich beschloss meine Gelaba, die ich bei der Nilkreuzfahrt gekauft und beim Abschlussball getragen hatte, auf jeden Fall anzuziehen.

Diese und noch viele Tipps gab sie mir, bis weitere Kundschaft kam und sie sich denen widmen musste.

Aber sie rief mir noch nach, dass ich jeder Zeit wieder kommen könnte, falls ich noch Fragen hätte. Auch würde es sie am Ende interessieren, wie mir die Reise gefallen hätte.

Ganz gerne hätte ich sie als meine Nebensitzerin mitgenommen, denn sie hätte mir sicher noch sehr viel Interessantes zu erzählen.

Spontan erinnerte ich mich an eine Israel-Reise, wo ich auf dem Hinflug eine junge, deutsche Kinderärztin neben mir hatte. Sie gab mir viele wertvolle Informationen über das Land, das ich zum ersten Mal bereiste. Später hatte ich auf einem Rückflug eine junge, israelische Schmuckdesignerin neben mir, die in Stuttgart arbeitete. Die Unterhaltung war jeweils so interessant, dass der Flug viel zu schnell zu Ende war.

Ob sie gemerkt hatte, dass ich sie gerne als meine Reisebegleiterin gesehen hätte? Jedenfalls hatte sie mich mit ihren Ausführungen genau auf diese Reise eingestimmt.

Tatsächlich, jetzt roch es an jeder Ecke fast wie auf einem ägyptischen Basar bildete ich mir jedenfalls ein.

Da kann man mal sehen, wie leicht ein Mensch zu beeinflussen ist.

Damit verließ ich den Reisebüro-Stand und ging durch das Gebäude zum Auto. Es war gerade noch Zeit, um das kostenlose Parkticket anzubringen, dann musste ich auch schon an den Schalter zum Einchecken.

Da es noch gut zwei Stunden waren bis zum Abflug, war ich anscheinend der erste hier.

Gemütlich wurde ich abgefertigt. Es gab auch keine Beanstandungen, denn ich wusste ja ganz genau von meinen Israel – Reisen, dass man sich strikt an die Vorgaben zu halten hatte.

Und nun hatte auch Ägypten strenge Auflagen erlassen.

Dann endlich war es so weit.

Der Flug ging kurz nach 10.00 Uhr. Nach drei ein halb Stunden waren wir in Kairo.

Der Flug bis Kairo verlief einwandfrei und wir landeten gegen 15.30. Durch die Zeitumstellung von einer Stunde war es hier aber nun schon 16.30 Uhr.

Nun musste ich den Anschluss -Flug finden. Das war bei dem Durcheinander in Kairo gar nicht so einfach. Denn in der Halle herrschte das blanke Chaos. Es standen viele einheimische Geschäftsleute da, die alle versuchten einen Inlandsflug zu ergattern. Mir schien, als wenn heute gerade alle nach Luxor wollten.

Doch Gott sei Dank, stellte sich heraus, dass mein Platz reserviert war. Ich musste mich also nicht in die Meute stürzen, sondern nur geduldig warten, bis ich aufgerufen wurde.

Neidisch respektierten die Umstehenden meine Bevorzugung. Sicher werden sie gedacht haben: „Wieder diese Touristen!" Aber schließlich hatte ich ja schon in Deutschland gebucht.

Allerdings kam ich nicht mit der geplanten Maschine weg, sondern erst eine später. Das bedeutete, dass ich erst um 18.00 Uhr in Luxor landete. Solche kleinen Pannen muss man aber gelassen hinnehmen.

Der Flug war interessant, denn wir flogen mit unserer kleinen Maschine schätzungsweise nur etwa 1000 Meter hoch, so dass man die Landschaft gut erkennen konnte. Irgendwie kam sie mir bekannt vor, aber ich kam nicht gleich drauf.

Ich schloss die Augen und da fiel es mir ein, genau diese Landschaft hatte ich in der letzten Nacht in meinem Traum gesehen! Offensichtlich war ich auf dem richtigen Trip.

4. HOTEL EXZELSIOR

Als wir ankamen, begann es bereits dunkel zu werden.

Ein Zubringer brachte mich kostenlos ins Hotel. Das Exzelsior liegt etwa in der Mitte zwischen Luxor und Karnak, fast am Nilufer. Schon bei der Ankunft fielen mir die vielen Kreuzschiffe am Ufer auf.

Schnell war das Zimmer bezogen. Es lag in einem Laubenganghaus direkt neben dem Pool, aber mit Aussicht und Balkon zum Garten, also nach Osten. Das war genau nach meiner Vorstellung, denn im Sommer, wenn die Sonne unerbittlich brennt, darf man keine Westseite buchen. Dann ist es in der Nacht unerträglich warm. Zwar könnte ich die Klimaanlage anstellen, das habe ich aber stets vermieden, weil es leicht zur Erkältung führen kann.

Nachdem ich die Sachen,die nicht zerknittern sollten aus den Koffern genommen hatte duschte ich und zog ich mich um.

Dann war es gerade noch Zeit Abendbrot zu essen. Ich hatte keinen großen Hunger, denn es hatte im Flieger übermäßig viel zu Essen und zu Trinken gegeben.

Man war wohl der Meinung, wenn der Magen zu tun hat, merkt er die Turbulenzen nicht.

Da es noch wunderbar warm war, beschloss ich noch einen kleinen Stadtbummel zu machen.

Ich band mir die Bauchtasche um, in der ich den Geldbeutel, den Fotoapparat und die zusammenlegbare Brille verstaute. Dann warf ich mir meine Gelaba über und zog die Lederlatschen an.

So ging ich hinaus.

Durch die Schlitze links und rechts in der Gelaba konnte ich leicht die Hosentaschen erreichen.

Als ich durch die Hotel-Halle ging schauten mir die Angestellten nach, zeigten mit dem Daumen nach oben und grinsten.

Das war schon mal ein guter Anfang. Ich brauchte wohl keine Angst haben dumm angemacht zu werden.

5. ERSTER STADTBUMMEL

Ich schlenderte also Richtung Wasser.
Gleich war ich am Ufer, wo sich alles abspielte. Da kamen und gingen die Gäste der Kreuzschiffe.
Da flanierten auch die Liebespaare, die ungern gesehen werden wollten.
Und da saßen auch die Jugendlichen in Gruppen diskutierten und rauchten meist Wasser-Pfeiffe. Aber hier wurde kein Alkohol getrunken.
Bald hatte ich meine anfängliche Unsicherheit überwunden und bewegte mich wie selbstverständlich. Schnell war ich die lange Promenade bis zum Ende gegangen und sah nun den Luxor-Tempel auf der linken Seite.
Ach, um den könnte ich ja noch herum gehen und dann auf der anderen Seite wieder zurück zum Hotel. Am Zaun blieb ich stehen und schaute dem Treiben da drinnen eine Weile zu, obwohl es schon fast dunkel war.

Plötzlich hatte ich den Eindruck, mich hatte jemand angeleuchtet. Es kam aus der Menschenmenge, die sich dort immer noch durch den Tempel wälzte. Es war wie ein Lichtstrahl, es konnte aber auch ein Blitzlicht gewesen sein. Sicher hatte es nicht mir gegolten, denn mich kannte hier ja niemand, obwohl ich mich persönlich angeleuchtet fühlte. Gelegentlich waren auch Jugendliche mit Laser-Pointer unterwegs.

Ich ging um den Tempel herum und blieb eine Weile vor der Moschee stehen, die auf der Stadtseite über dem Tempel errichtet ist. Die würde ich mir in den nächsten Tagen aber noch genauer ansehen wollen.

Dann bummelte ich durch die erleuchteten Straßen zurück ins Hotel. Schlafen zu gehen war es noch zu früh und müde war ich auch noch nicht. So zog es mich in die Hotelbar auf einen Absacker.

6. FACHSIMPELEI

Hier war rechter Betrieb und ich musste eine Weile suchen, um einen Platz zu finden. Da sprach mich ein älterer Herr auf Deutsch an, der gerade eine interessante Geschichte von sich zu geben schien. Bei ihm sei gerade noch ein Platz frei.

Er stellte sich vor als Ulrich Burghard, Architekt, jetzt im Ruhe- oder besser im Unruhezustand. Er sei auf dem Weg zum Tempel Abu Simbel.

Haben Sie mal etwas von den Abu Simbel-Tempels gehört?

Den hat mein Namensvetter Johann Ludwig Burckhard 1813 zufällig entdeckt. Als er hier in die Gegend kam erzählten ihm Einheimische davon. Er fand zuerst den Hzathor-Tempel der Nefertari, weil der nicht verschüttet war.

Dann sah er nahe daneben Reste von riesigen Sandsteinfiguren aus dem Sand ragen und grub nach.

So fand er den Felsentempel des Ramses II., der fast ganz mit Dünensand bedeckt war.

Obwohl ich fast den gleichen Namen habe, bin ich aber mit dem Entdecker nicht verwandt.

Ich war damals der leitende Bauleiter des Projektes bei Hochtief in Essen.

Und nun möchte ich kontrollieren, ob noch alles in Ordnung ist.

Ich stellte mich auch vor als Architekt im Ruhestand.

Zugleich erkundigte er sich in welcher Mission ich unterwegs sei. Was sollte ich nun auf die Schnelle sagen und ich entschloss mich, zu flunkern und wichtig zu tun. Ich sei hier, um eine Exkursion für junge Architektur-Studenten vorzubereiten.

Interessant, wird sicher eine spannende Sache.

Dann fuhr er fort in seiner Erzählung, die er durch mich unterbrochen hatte:

Anfang der 50-er Jahre wurde schon kräftig am Nasser-Staudamm gebaut. Bald würde der Wasserspiegel so ansteigen, dass der Tempel geflutet werden würde. Geplant war ein Wasserstand 65 Meter über dem jetzigen.

Die UNESCO war der Meinung, dass das Projekt vor dem Wasser gerettet werden sollte.

Doch keiner wusste genau wie! Daraufhin wurde eine Ausschreibung gemacht.

Ja, wir standen damals unter einem rechten Zeitdruck. Tag und Nacht haben wir Strategien erarbeitet, um sie am nächsten Tag wieder zu verwerfen. Es galt einen Weg zu finden, um den Tempel vor den Fluten des neuen Nasser-Sees zu retten. Aber was tun, wenn man es mit einem ganzen Berg zu tun hat!

Nach vielen Überlegungen kamen wir auf die Idee, den ganzen Komplex einfach zu zersägen und abzutransportieren.

Wissen Sie was ?

In 3 Tagen werde ich dort hinfliegen. Möchten Sie mich begleiten? Somit ist es nicht so langweilig und ich habe jemanden, mit dem ich auch fachsimpeln kann. Dann kann ich Ihnen das Projekt in aller Ruhe und vor Ort erklären. Der Flug ist natürlich gratis für Sie, denn ich bin ja alleine im Flugzeug der Firma Hochtief.

Das lässt sich bei mir einrichten, denn ich stehe unter keinem so großen Zeitzwang. Gerne würde ich mir das Projekt in Ruhe und genau ansehen wollen.

Wohnen Sie auch hier im Hotel?

Ja, im Haus 2, Zimmer 19 im ersten Stock.

Dann können wir ja in den nächsten Tagen in Ruhe die Reise besprechen. Mich finden Sie regelmäßig hier.

Damit verabschiedete sich Herr Burghard und ging. Als ich zahlen wollte sagte mir der Kellner, dass ich Gast von Herrn Burghard gewesen sei.

Der muss hier wohl Stammgast sein, denn ihn kannten alle. Da war ich bisher ein ganz kleines Licht.

Dann zog auch ich mich zurück, denn ich hatte nun eine gute Bettschwere.

Bevor ich einschlief ließ ich den heutigen Tag nochmals vor meinen Augen ablaufen: Das war wieder ein Tag voller Überraschungen gewesen. Aber besonders der Lichtreflex aus dem Tempel bewegte mich immer noch, er hatte sich bei mir geradezu eingebrannt, wie ein Laserstrahl.

7. KARNAKTEMPEL

Schon um 6.00 Uhr war ich heute wach. Nicht, dass mich irgend etwas geweckt hätte. Nein, es war einfach die neue Umgebung und die Erwartung, was mir heute wohl begegnet. Schnell meine Gelaba angezogen und zum Frühstück. Wieder wurde ich freundlich empfangen. Jetzt aber konnte sich der Ober eine Bemerkung nicht verkneifen:

„Sehr gut, Ihre Gelaba!"

Also, so konnte ich mich wohl tatsächlich in die Stadt wagen.

Was war heute auf meinem Programm?

Da der Karnak Tempel ganz in der Nähe ist, wollte ich ihn zuerst besichtigen.

In Karnak liegt die mit Abstand größte Tempelanlage Ägyptens. Ihre Baugeschichte beginnt im Mittleren Reich, der 11. Dynastie, mit dem Bau von Theben, das sich zu der Zeit zur Hauptstadt und dem kulturellen Mittelpunkt des ganzen Landes entwickelte.

Theben war eine am Nil liegende altägyptische Stadt, die schon Homer in seiner Ilias *das Hundert torige Theben* nannte.

Planmäßig in einem Schachbrett-Muster angelegt, hatte sie eine Größe von ca. 2 Quadratkilometer. Theben lag damals zu beiden Seiten des Nil.

In der 13. Dynastie gewann die Stadt weiter an Bedeutung. Unter der 18. Dynastie entstanden die außerordentlichen Bauten, die im Laufe der folgenden 11. Jahrhunderte verschönert, vergrößert und vermehrt wurden. Und so die Stadt zum Wunder der Alten Welt erhoben haben.

652 v. Chr. verwüsteten die Assyrer unter Assurbanipal die Stadt und die Heiligtümer.

84 v. Chr. zerstörte Ptolomaios IX. Schließlich die ganze Stadt und brachte ihr den Untergang, indem er sie nieder brannte, so das nur einige ärmliche Ortschaften um vier Haupttempel übrig blieben.

Es existieren westlich des Nil -also von **Theben West**- nur noch:

- Medinet Habu und der große Tempel Ramses III.
- Qurna mit Totentempel des Sethos I.
- Die Königsgräber im Tal der Könige.
- Deir el-Bahari mit den Totentempeln der Hatschepsut und Mentuhotep II.
- Das Ramesseum.
- Privatgräber in al-Asarif, Scheich Abd el-Qurna und Dra Abu el-Naga.
- Deir el-Medina, Dorf der Nekropolenarbeiter.
- Die Königinnengräber im Tal der Königinnen.
- Qurnet Murrai mit Felsengräber aus der 18. Dyn.
- Die Memnonkolosse am Totentempel des
  Amenophos III.

Von den meisten profanen Bauten, die nur aus ungebranntem Lehm bestanden hatten, ist heute fast nichts mehr zu sehen.

In **Theben Ost** blieben:
- Die Tempelanlagen von Luxor,

- Die Tempelanlagen von Karnak
- sowie die heutige Stadt-Bebauung be-
stehen.

Ich pilgerte also zum Karnak-Tempel. Dem
Besucher erschließt sich die Anlage in
zeitlich umgekehrter Reihenfolge. Die äl-
testen Bauteile liegen ganz am Ende der
über 500 Meter langen Anlage von Pylonen und Säulenhöfen.

Nach der Erhebung Amun-Re von Theben
zum Lokalgott und später sogar zum
Reichsgott, begannen die Herrscher des
frühen Mittleren Reiches mit dem Bau eines Tempels, der über die Jahrhunderte
hinweg zum heutigen Tempelkomplex
erweitert wurde. Hier übte die Amun-
Priesterschaft den täglichen Tempeldienst
aus. Auch für die Gattin des Amun, die
Göttin Mut und für den Sohn Chons wurden Tempel errichtet. Neben diesen drei
Göttern wurde auch noch dem Gott
Month ein Tempel geweiht, der in der
11.Dynastie der Hauptgott von Theben
war.

Ein ägyptischer Tempel stelle ein Modell der Welt dar, meinte man damals. In der altägyptischen Glaubenswelt bestand das Prinzip der kosmischen Ordnung. Dieses Prinzip wird als *Maat* bezeichnet. Maat war das altägyptische Konzept für Gerechtigkeit, Weltordnung, Wahrheit, Staatsführung und Recht.

Es wurde durch eine altägyptische Göttin, der Tochter des Re verkörpert. Ihre Erscheinungsform war das Auge des Re. Da die Maat kein unveränderlicher Zustand war und von den Menschen aus dem Gleichgewicht gebracht werden konnte, war es wichtig, den Gleichgewichts- Zustand zu erhalten. Eine der obersten Pflichten des Königs war es also daher, das Gleichgewicht der Maat zu erhalten. Dies geschah im heiligen Bereich des Tempels. Hier wurden Kulthandlungen, wie Opferdarbietungen, Gebete und Gesänge durch den König oder den ihn vertretenden Hohepriester durchgeführt.

Die gesamte Tempel-Anlage hat eine Größe von etwa 30 Hektar. Der größte Bereich der Anlage ist der Bezirk des Amun. Hier findet man den großen Tempel des Amun-Re, den Tempel des Chons, das Barkenheiligtum Ramses III., einen Tempel der Ipet, ein kleines Heiligtum des Ptah, sowie den Tempel des Amenhotep II..

Der Tempel des Amun-Re, auch Reichstempel genannt, ist der größte ägyptische Tempel mit zehn Pylonen. Herausragend unter den Ruinen sind die zehn Pylonen, deren größter ca. 113 Meter breit, ca. 15 Meter dick und 43 Meter hoch geplant war, aber nie fertig wurde.

Zu den bedeutendsten Bereichen des Tempels zählt der große Säulensaal, den Haremhab zu bauen begann und der später unter Sethos I. Und Ramses II. vollendet wurde.

Auf einer Fläche von 103 x 53 Metern stehen 134 bis 22,5 m hohe Papyros-Säulen, die das hölzerne Dach trugen. Diese architektonisch auffallende Festhalle wird aufgrund der Anordnung ihrer Säulen oft auch als Festzelt bezeichnet. Interessant ist die Königs-Liste von Karnak mit insgesamt 61 Königen im Zugang zum Achmenu.

Weitere Bereiche sind der Chons-Tempel am südlichen Rand des Amun mit einer Größe von 80 X 30 Metern.

Etwa 350 Meter südlich des Amun-Re liegt der Bezirk der Mut mit einer Größe von 250 x350 Metern. Er war mit einer 330 Meter langen Sphingen-Allee mit 66 Sphigen mit dem Tempel des Amun-Re verbunden.

Nördlich, direkt neben dem großen Bereich des Amun-Re befindet sich der Tempel des Month mit einer Größe von 151 x 155 Metern.

Der durch Hatschepsut erbaute Kamutef-Tempel steht nördlich unmittelbar vor dem ummauerten Tempelbezirk der Mut, an der Sphingen-Allee.

Wie wechselvoll auch hier die Geschichte war, zeigt sich am Gem-pa-Aton-Tempel. Er wurde vermutlich im Jahr 6 der Regierungszeit von Echnaton errichtet. Er hatte eine Größe von 130 x 200 Metern und war damit damals größer als der Tempel des Amun!

Echnaton veranlasste die Schließung der anderen Tempel in Karnak und erhob den Sonnengott Aton zum alleinigen Gott. Nachdem spätestens unter Haremhab wieder die ursprünglichen Verhältnisse hergestellt wurden, eröffnete man die anderen Tempel wieder und riss den Gem-pa-Aton-Tempel vollständig ab. Die Stein-Blöcke wurden überwiegend für die Pylone 2, 9 und 10 verwendet. Im Museum von Luxor kann man einige hundert wieder zusammengefügte Blöcke sehen.

Eigentlich braucht man mehrere Tage, um den ganzen Bezirk zu erfassen. Ich schlenderte heute durch, um mir einen Überblick zu verschaffen. Ich hatte ja noch Zeit ins Detail zu gehen.

Dann, als es recht warm wurde, setzte ich mich in den Schatten und machte ein paar Skizzen. Ringsum viele Menschen, die mir auch gelegentlich über die Schulter schauten.

Plötzlich verspürte ich wieder das eigenartige Blitzen. Es kam auf jeden Fall aus der Menschenmenge vor mir. Aber es war nicht auszumachen, von wem.

Eigentlich war es für ein Blitzlicht jetzt viel zu hell. Aber es konnte ja auch wieder jemand mit einem Laserpointer sein. Nach einer Weile packte ich zusammen und ging weiter, denn im Schatten war mir der Stein zu kalt, auf dem ich lange gesessen hatte.

Direkt vor dem See steht ein etwa 80 cm großer Skarabäus auf einem Sockel. An dem ist offensichtlich immer viel Betrieb, denn es gibt eine Sage:

Wenn man sieben Mal um den Skarabäus geht und sich dabei etwas wünscht, geht es in Erfüllung.

Das nutzen hauptsächlich Mädchen und Frauen und marschieren ständig um den Stein. Belustigt schaute ich hier eine ganze Weile zu.

Ob es wirkt weiß ich nicht. Ich habe mich nicht getraut mit zu machen.

Bald war es so ungemütlich heiß, dass sich die Menschen so langsam zurück zogen. Ich ging auch zum Ausgang, schlendere an den Sphinxen vorbei und suche mir eine Droschke, mit der ich zum Hotel zurück fuhr.

Ich aß etwas im Hotel und zog mich dann in mein Zimmer zurück, um ein Weilchen einzunicken.

Danach ging ich hinunter an den Pool und suchte mir auch dort ein Schattenplätzchen. Ich las eine Weile im Reiseführer, bis es mir langweilig wurde.

Dann sah ich an der Hauswand mehrere Leute sitzen, die etwas fertigen und von Zuschauern belagert wurden. Ich warf mir die Gelaba über und schlenderte auch dort entlang. Ein junger Mann füllte bunten Sand in Flaschen und fertigte so kunstgerecht die exotischten Bilder. Wüstensand mit Kamel, blauer Himmel und auch Wasser. Es sah wirklich echt aus. Ich blieb eine ganze Weile still neben ihm stehen.

Dann fragte er mich, ob ich eine Flasche kaufen möchte . Aber ich lehne dankend ab. Denn ich brauche so etwas nicht, es stände nur herum und nach einiger Zeit müsste ich es wegwerfen. D

ann ging ich an den nächsten Stand. Hier saßen zwei junge Frauen und fertigen geschickt aus buntem Stoff und Perlen kleine Täschchen. Auch hier blieb ich eine ganze Weile still stehen. Die Frauen ließen sich aber nicht irritieren. Schauten gelegentlich zu mir, sprachen etwas und lächelten mich danach an. Die eine war besonders hübsch und trug eine weiße Gelaba. Nach einer Weile fragte sie mich, ob ich ein Täschchen kaufen möchte. Ich war überrascht, dass sie so gut deutsch

sprach. Ich sagte ihr, dass ich zwei Täschchen brauchte, den ich hätte zwei Enkel-
kinder.

Der Preis war sehr fair und so versuche
ich auch nicht zu handeln. Dabei betrachtete ich die beiden nochmals aus der Nähe. Es kam mir vor, als hätte ich sie schon
irgendwo gesehen, war aber sicher eine
Täuschung.

Danach ging ich zu meinem Liegestuhl zurück, zog die Gelaba wieder aus und
sprang ins Wasser. Das war jetzt eine an-
genehme Abkühlung.

Gegen 18.00 Uhr zog ich mich an und ging
in die Stadt, denn ich wollte mir noch
mindestens eine Gelaba zulegen. Ich fand
auch bald den entsprechenden Laden.
Aber es war schwer, nur eine zu kaufen.
Immer möchten die Verkäufer einem den
ganzen Laden andrehen. Ich konzentrierte
mich auf eine blaue mit Schlitzen an der
Seite. Bald hatte ich auch die richtige gefunden. Aber der Verkäufer ließ nicht locker, schleppte glatt noch ein ganzes Dut-

zend an. Also gut, ich nahm eine blaue und eine hellgraue. Dann ging es ans Bezahlen. Ich war ja gespannt! Er fordert 7,00 € für eine. Ich sage 4,50 €, mehr wollte ich nicht ausgeben. Nein, das war ihm viel zu wenig. Von dem Laden müsste die ganze Familie versorgt werden. Gut, ich könnte auch eine billigere bekommen. Und schon verschwand er hinten im Lager. Die er brachte, sagten mir aber wirklich nicht zu, die wirkten billig, sowohl im Stoff, wie auch in der Verarbeitung.

Also zurück zu den anfangs ausgesuchten. Nach langem Rechnen auf seinem Taschenrechner meinte er, dass er sie mir für 6,00 € geben können. Ich schaute auf die Uhr und tat so als wenn ich gehen wollte. Da korrigierte er sich schnell und meinte, dass aber 5,50 € sein allerletzter Preis sei. „Gut", sagte ich und zahlte. Am Schluss war er sehr gut gelaunt und plauderte mit mir noch lange über Gott und die Welt. Dabei fragte er mich auch, wie lange ich noch bleiben würde.

War der Preis also doch in Ordnung für ihn, sonst könnte er jetzt nicht so gut gelaunt sein. Wenn ich wieder etwas brauchte, solle ich zu ihm kommen.

Anschließend wagte ich mich in ein kleines Restaurant um eine Kleinigkeit zu essen, wo aber lauter Einheimische saßen. Natürlich wurde ich sofort wieder in ein Gespräch verwickelt. Da die alten Herren aber kein Englisch sprachen, setzte sich sofort ein junger Mann zu uns. Natürlich wollten sie meine ganze Familiengeschichte hören.

Es ging los mit:

Verheiratet, wie viele Kinder, Buben oder Mädchen, alleine oder in Begleitung hier usw.. Bei zwei Buben strahlten sie, denn Mädchen zählen scheinbar bei den Arabern immer noch nicht.

Dann zu der heiklen Frage warum meine Frau nicht dabei sei. Ich flunkerte Ihnen vor, dass zu Hause gerade ein Enkelkind angekommen sei und meine Frau da dringend gebraucht würde, ich aber nur im

Wege sei. Das akzeptierten sie voll und ganz und gaben dazu einige Kommentare ab, als wenn sie das selbst auch schon erlebt hatten.

Nun war ich recht müde und die Beine taten mir weh. Es zog mich jetzt nur noch nach Hause.

Zu Hause angekommen duschte ich und ging ins Restaurant um Abendbrot zu essen.

Zum Schlafen gehen war es heute auch noch zu früh und deshalb ging ich wieder in die Hotelbar.

Ich wollte sehen, ob Herr Burghard wieder da sei. Schließlich hatte wir ja verabredet, dass wir noch über den Flug nach Abu Simbel miteinander reden wollten.

8. HOTEL BAR

Er saß schon da und hatte mindestens schon den dritten Kognak vor sich. Freundlich begrüßte er mich und meinte, dass er heute rechten Stress gehabt hätte. In der Nähe der Oase Kharga in der Lybischen Wüste, hat Hochtief eine Baustelle in einem Militärlager. Er war heute dort hingefahren und dabei hätten ihn die Wachposten beinahe festgenommen, denn er hatte ja keinen Spezialausweis für den Bereich. Und der junge Bauleiter, dieser Schnösel, hatte vergessen ihn am Eingang anzumelden. So saß er dort eine ganze Weile fest, bis endlich der Bauleiter kam, um ihn rein zu holen. Na, dem hat er aber was erzählt! Am Ende haben sich alle bei ihm entschuldigt. Das war auch das Mindeste, was er erwartet hatte.

Also, das Flugzeug stände uns schon morgen zur Verfügung, übermorgen hätte es schon wieder einen anderen Auftrag.

Passt es Ihnen auch morgen, fragte er mich schließlich, nachdem er seinen Frust herunter gespült hatte. Klar, ich habe morgen keine Verpflichtungen.

Also gut, dann fahren wir so etwa um 7.00 Uhr hier am Hotel ab. Nehmen sie sich ein paar Sachen mit, wir bleiben zwei Tage. Ihre Gelaba scheint ja gut geeignet zu sein. Ich habe mich aber noch nie in eine solche Kutte hinein getraut. Vor allem vergessen Sie Sonnenschutzmittel und einen Hut nicht.

Damit waren alle Vorbereitungen für morgen auch schon getroffen.

Wir saßen noch eine ganze Weile beisammen und unterhielten uns über unsere frühere Arbeit. So nebenbei erzählte ich, dass ich mich 1964 auch mal bei Hochtief beworben hatte, um einen Bauleiterposten im Ausland. Beinahe wären wir Arbeitskollegen geworden. Aber man teilte mir damals mit, dass gerade keine Auslands-Baustellen in Vorbereitung seien.

Stimmt, damals gingen die Auslands-Aufträge aus politischen Gründen drastisch zurück, wobei Abu Simbel schon mindestens 2 Jahre bei uns gekocht wurde.

Eigentlich könnten wir uns duzen, nachdem wir ja beinahe Arbeitskollegen geworden wären, meinte Herr Burghard und streckte mir sein Glas hin. Wir stießen an: Ich heiße Ulrich.

Angenehm, ich heiße Erhard.

9. ABU SIMBEL

Dann erzählte Ulrich mir die Geschichte und die Rettung des Abu Simbel-Tempels vor den Fluten des Nasser-Sees.

Durch den geplanten Bau des Assuan-Hochdammes und die Aufstauung des Nasser-Sees drohten in den 1950-er Jahren die beiden Tempel Ramses II. in Abu Simbel genau so überflutet zu werden, sowie zahlreiche archiologisene Stätten, wie der Tempel in Philae, Kalabscha und viel andere kleine Anlagen. Auch 35 Siedlungen musste verlegt werden.

Bereits 1955 wurde ein internationales Dokumentationszentrum mit dem Ziel gegründet, das Gebiet von Assuan bis über die Grenze des Sudan aufzunehmen.

Am 8.3.1960 bat die UNESCO um internationale Hilfe zur Rettung der Tempel-Anlagen von Abu Simbel.

Unter den zahlreichen Vorschlägen und Plänen zur Rettung der Bauwerke war z.B. ein Plan eines indischen Architekten. Er sah vor, eine Art Pyramide über den Ramses-Tempel zu stülpen. Dadurch wäre es aber fast unmöglich, den Tempel zu besichtigen.

Ein englischer Architekt schlug vor eine Mauer um den Tempel zu bauen, die die trüben Fluten des Nil fernhalten sollte. Die hätte aber immerhin mindestens 60 Meter hoch sein müssen. Zugleich sollten dann die Tempel mit klarem Wasser geflutet werden, um so den Druck des Sees auszugleichen. Dies hätte dem Besucher ermöglicht,mit einem wasserdichten U-Boot die Statuen und Felszeichnungen unter Wasser zu betrachten. Es hieß, dass dieses Projekt mit effektvoller Unterwasserbeleuchtung angeblich nur 12 Millionen Dollar kosten würde.

Die Idee wurde als „schlechter Witz" abgetan.

Ein schwedisches Projekt sah die Zerlegung der Tempel, die Abfuhr der gesamten Felsmasse und den Wiederaufbau an einem höher gelegenen Ort vor. Diese Idee erhielt den Zuschlag.

Am 17.11. 1963 wurde ein internationales Konsortium unter der Leitung der Essener Baufirma HOCHTIEF mit der Durchführung des beispiellosen Projektes betraut und ich erhielt den Auftrag zur Bauleitung.

Nun ging es darum, die richtige Strategie zu entwickeln, um die Idee in die Wirklichkeit umzusetzen. Hier kamen uns die Erfahrungen zu Gute, die wir gemacht hatten bei der Rettung der Tempel von Kalabscha. Die Tempel waren in 2-jähriger Arbeit in 20.000 Bauelemente zerlegt, säuberlich nummeriert und 50 km südlich auf einer Anhöhe neu aufgebaut worden.

Nachdem im Mai 1964 der erste Zulauf zum neuen Stausee frei gesprengt wurde , stieg der Wasserspiegel kontinuierlich.

Vordringlichste Aufgabe war es daher, die beiden Tempel mit einem 360 Meter langen Schutzdamm zu umgeben, der sie vom steigenden Wasser frei hielt und in dessen Schutz der Abbau durchgeführt werden sollte. Aber zum Entsetzen der dort Tätigen stieg das Wasser schneller und höher als erwartet. Bald war die Dammkrone fast erreicht. Doch gerade noch rechtzeitig und in letzter Minute wurde der Damm mit allen technischen Mitteln erhöht, so dass die Arbeiten ungestört fort geführt werden konnten.

Auf Schiffen wurden Kräne, Bagger, Gerät und Baumaterial aus aller Welt herangeschafft. Außerdem musste für 2.000 Arbeiter, Techniker , Archäologen und anderen Experten in der Wüste quasi über Nacht eine kleine Stadt aus dem Boden gestampft werden.

Das zweite Problem bestand darin, dass der poröse Sandstein, der immerhin schon 3.000 Jahre auf dem Buckel hatte, so zu stabilisieren, dass man ihn zersägen und transportieren konnte. Deshalb bohrten wir zunächst 17.000 Löcher in den Fels, um das Gestein mit 33 Tonnen Epoxidharz zu verfestigen. Zusätzlich dienten Eisenklammern der Stabilisierung.

Die Verlegung der beiden Tempel von Abu Simbel erfolgte dann zwischen November 1963 und September 1968.

Zuerst musste der Berg oberhalb der Tempel vorsichtig bis auf die Hallen- und Kammerdecken abgetragen werden. Dann begann die eigentliche Arbeit und zwar an der Fassade. Hier wollten wir so wenig wie möglich Fugen haben. Deshalb wurden die Blöcke besonders groß und schwer. Einzelne hatten ein Gewicht bis zu 30 Tonnen! Die Teile der Decken und Wände der Räume waren etwas leichter. Gesägt haben wir mittels Seilsägen im Trockenverfahren.

Insgesamt ergaben sich 1036 Blöcke zwischen 7 und maximal 30 Tonnen. Sie wurden alle durchnummeriert, damit man sie wieder an die richtige Stelle versetzen konnte. Die Fugen durften nicht mehr als 6 mm betragen. Die Schnitte wurden sauber mit einer Mischung aus Steinmehl und Harz verschlossen. Sie sind heute kaum erkennbar, denn sie fallen nur dem kritischen Betrachter auf.

Als neuer Standort wurde ein Plateau 180 Meter landeinwärts und 65 Meter höher gewählt. Genau bis hier würde der Nasser-See künftig ansteigen, denn es sollte schon rein optisch die gleiche Lage zum Wasser entstehen, wie sie vorher gewesen war.

Zuerst wurden zwei riesige Stahlbeton-Kuppeln errichtet. Die sollten verhindern, dass der neue künstliche Berg unter den Lasten zusammen bricht und die inneren Kammern beschädigen könnte. Die Kuppel des Haupttempels hat immerhin eine Spannweite von 140 Meter! Hierein wurden die Tempel-Kammern gestellt bzw. teilweise auch aufgehängt. Somit steht nun der ursprüngliche Höhlentempel in einem hohlen Berg. Die Kuppeln wurden dann von außen mit Sand, Geröll und Original-Felsen zugeschüttet. Dadurch blieb der ursprüngliche Eindruck eines Felsen-Tempels gewahrt.

Für die damalige Zeit stellte dies eine bautechnische Meisterleistung dar, die gelegentlich mit dem Bau der Tempel durch Ramses II. vor 3.000 Jahren verglichen wird.

Die Gesamt-Kosten beliefen sich auf 80 Millionen US-Dollar, die von über 50 Länder gespendet wurden.

Abu Simbel wurde zu einem der Anlässe für die Verabschiedung der UNESCO-Welterbe - Konvention von 1972 und der Aufstellung der Liste des UNESCO- Welterbes.

Damit schloss Ulrich seinen ausführlichen Vortrag. Alles andere würde er mir vor Ort erzählen.

Und zu erzählen gibt es noch viel, meinte er geheimnisvoll.

Dann wurde es Zeit ins Bett zu gehen, denn es hatte gerade 24.00 Uhr geschlagen. Außerdem versprach der morgige Tag recht anstrengend zu werden.

Schon um 5.00 Uhr wachte ich auf und konnte auch nicht mehr einschlafen. Also stand ich auf, duschte und zog mich an. Heute probierte ich die neue graue Gelaba. Sie saß ausgezeichnet. Mal sehen wie da heute die Resonanz sein wird?

Dann ging ich frühstücken. Kaum hatte ich mich gesetzt, war auch schon der Kellner da. Heute wollte ich etwas kräftiger essen mit Joghurt, Käse und Speck mit Ei, dazu ein dunkles Brot. Damit hielt ich notfalls sogar bis zum Abend durch, denn ich wusste ja nicht, wann Herr Burghard Hunger bekommen würde.

Kaum hatte ich mich gesetzt, kam auch schon Ulrich gut gelaunt zur Tür herein und fragte, ob ich gut geschlafen hatte.

Eigentlich schon, obwohl ich natürlich von Abu Simbel geträumt habe.

Das macht nichts, ich hatte damals nicht nur Träume, sondern einige schlaflose Nächte.

Nach einer halben Stunde waren wir satt und hatten jeder den dritten Kaffee hinter uns.

Dann war auch gerade noch Zeit, um in die Zimmer zu gehen, und unser Gepäck zu holen. Ich beeilte mich, um der Erste zu sein, denn ich wollte einen ordentlichen Eindruck hinterlassen.

Pünktlich um 7.00 Uhr kam Ulrich und auch der Wagen, der uns zum Flughafen bringen sollte.

Bis zum Flughafen war es mit dem Auto gerade eine halbe Stunde. Dagegen dauerten die Sicherheitskontrollen und der Fußmarsch zu unserem Flieger viel länger. Es war eine kleine Maschine mit Platz für nur 4 Passagiere. Uns reichte die heute, denn wir waren ja nur zu zweit. Sonst hatte man auch noch größere Maschinen, um mehrere Leute zu transportieren.

Der Flug war interessant, wie damals in meinem Traum. Wir flogen sehr niedrig und langsam. Außerdem hatte jeder einen Fensterplatz. Deshalb konnte ich ein paar interessante Fotos machen.

Nach gut einer Stunde landeten wir schon in Abu Simbel.

Zuerst ließen wir uns ins Hotel fahren, um unser Gepäck abzustellen. Dann fuhren wir sofort auf „unsere Baustelle".

Zuerst betrachteten wir die vier Kolossal-Statuen. Dazu hatte Ulrich vorsorglich ein Fernglas mitgebracht. Denn immerhin war die Fassade des Haupt-Tempels 38 Meter breit und 32 Meter hoch. Ulrich konnte aber nichts Verdächtiges feststellen.

Danach gingen wir durch alle Räume des großen Felsentempels. Vom Eingang kommt man in die 18 x 16,7 Meter große Pfeilerhalle mit ihren 8 zehn Meter hohen Pfeilern. Nach genauer Betrachtung schien hier alles in Ordnung. Dann gingen wir durch eine zweiflüglige Tür in die kleinere Vier-Pfeilerhalle. Auch hier schien optisch alles in Ordnung. Durch eine weitere Türöffnung gelangt man in den quer angelegten Vorraum des Heiligtums. Von dort blickt man in das Allerheiligste, das *sancta sanctorium*, an dessen Rückwand die lebensgroßen Statuen des *Ptah*, *Amun-Re*, *Ramses II.* und *Re-Harachte,* die von links nach rechts auf einer niedrigen Steinbank sitzend aufgereiht sind. Weil es hier hinten sehr dunkel war, mussten wir eine Taschenlampe benutzen, um diese beiden Räume genau anzusehen. Auch hier schien alles in Ordnung.

Genaueren Aufschluss würde die anstehende Nivellierung ergeben, die ein paar Techniker in den nächsten Tagen durchführen würden. Damit war hier unsere Inspektion schon am Ende.

So, sagte Ulrich, jetzt zeige ich Dir etwas, was sonst niemand zu sehen bekommt. Es ist das Geheimnis der Techniker, das das Versetzen ermöglicht hat.

Damit ging er außen rechts neben den 4 Kolossal-Statuen befindliche ganz unscheinbar kleine Tür und schloss sie auf. Wir traten in eine große fast 140 m hohe Halle aus Stahlbeton! Über Stege aus Stahl konnten wir durch die ganze Halle spazieren. Unter uns immer die soeben von innen besichtigten Hallen und Räume, doch dieses Mal sozusagen von außen.

Deutlich konnte man die Raumfolge able-
sen. Auch hier machte alles den Eindruck,
als hätten die Techniker erst gestern den
Raum verlassen.

Ja, sagt Ulrich, das kann verdammt täu-
schen. Deshalb müssen wir immer wieder
alles durch nivellieren. Gott sei Dank hat
es bisher noch keine nennenswerten Ab-
weichungen gegeben.

Als wir wieder hinaus ans Tageslicht kamen, war es bereits dunkel. Das hatten
wir drinnen gar nicht gemerkt, weil dort
der „Himmel" mit Lampen hell erleuchtet
ist.

Ulrich war zufrieden, denn es war alles
scheinbar noch so, wie er es vor Jahren
hergerichtet hatte. Lediglich an ein paar
Fugen war etwas Mörtel heraus gefallen.
Aber das war kein Beinbruch, hatte er
doch mit viel mehr Bewegung gerechnet.

Damit ist unsere Arbeit für heute erledigt,
mir reicht es jetzt aber auch. Morgen
nehmen wir uns den kleinen Hathor-
Tempel der Nefertari ebenso gründlich

vor. Ich hoffe, wir haben dann noch Zeit, denn ich möchte Dir noch unser kleines Museum zeigen.

Später trafen wir uns noch auf einen Drink und gingen aber heute bald ins Bett. Wir hatten es beide nötig.

Natürlich war ich auch heute wieder recht früh wach. Um 6.00 Uhr stand ich auf, machte mich frisch und zog mir neue Sachen an, denn gestern war alles recht nass und schmutzig geworden vor lauter Hitze und Staub.

Schon kurz vor 7.00 Uhr stand ich vor dem Speiseraum, die Bedienung war noch in ihrem „Nachttrott", das konnte man an ihren langsamen Bewegungen erkennen.

Als sie mich kommen sahen, schalteten sie aber einen Gang höher. Der Oberkellner kam sofort an meinen Tisch und beteuerte, dass der Kaffee bald komme. Und dann stand auch Ulrich schon da. Offensichtlich war er auch kein Morgenmuffel.

Er erkundigte sich nach meinem Befinden und dann machten wir uns über das Frühstück.

Greife kräftig zu, ich weiß nicht, wann wir heute für eine Pause Zeit haben. Das war mir egal, ich konnte auch mal hungern, Hauptsache wir hatten immer zu trinken. Aber da sorgte Ulrich immer gut vor.

Der zweite Tag verlief nun ähnlich wie gestern. Allerdings waren hier im Hathor-Tempel einige Schäden erkennbar, die wir dann natürlich schriftlich und fotografisch dokumentieren mussten. Dabei ergänzten wir uns, wie ein altes eingespieltes Team. Ulrich diktierte und ich schrieb, es war als hätten wir immer schon miteinander gearbeitet.

Als wir fertig waren war es noch hell. Wir setzten uns in den Schatten und ließen uns ein kühles Bier gut schmecken, das Ulrich heute morgen schon beim Oberkellner geordert hatte. Als die Sonne unterging legte ein Ausflugs-Schiff nahe des Tempels an.

Jetzt können wir vielleicht noch ein besonderes Schauspiel miterleben, meinte
Ulrich geheimnisvoll.
Tatsächlich kam bald darauf ein kleines
Boot vom Schiff und legte genau vor uns
an. Ulrich kannte die Leute offensichtlich,
denn er begrüßte sie sehr herzlich. Schnell
bauten sie eine kleine Bar auf und dann
sahen wir auch schon mehrere Boote mit
Schiffs-Passagieren vom Schiff ablegen.
Als die Boote anlegten, stürmten die Leute sofort vor und in die beiden Tempel
und es gab ein Blitzlicht-Gewitter.
Nach einer halben Stunde versammelten
sich dann alle vor der eben aufgebauten
Bar und es gab kühlen Sekt zu trinken. Natürlich wurden wir dazu auch eingeladen.
Und dann ertönte vom Schiff herüber die
Oper „Aida". Das war bei der Abenddäm-
merung und der inzwischen eingekehrten
Ruhe besonders stimmungsvoll. Wir genossen das Spektakel und als die Leute
wieder zum Schiff zurück gefahren wur-

den, gingen wir beide den kurzen Weg auch nach Hause in unser Hotel.

Beim Abendbrot ließen wir den Tag noch einmal an uns vorüber ziehen und konnten uns zufrieden zurück lehnen. Es hatte alles gut geklappt und es gab wenig zu beanstanden.

Am nächsten Morgen wollten wir das kleine Museum besuchen. Also stand ich wieder um 6.00 Uhr auf, damit ich um 7.00 wieder zum Frühstücken gehen konnte. Die Kellner waren heute schon auf uns eingestellt und standen bereits mit der Kaffee-Kanne am Tisch als ich kam. Ich lobte sie und sie strahlten.

Ulrich kam mit einem grimmigen Gesicht.

Habe schlechte Nachricht! Unser kleiner Flieger kann uns leider heute nicht abholen, sondern kommt erst morgen im Laufe des Tages. Muss vorher noch einige Versorgungs-Flüge für die Baustelle in der Wüste machen. Mir ist das zwar egal, ich hoffe bei Dir gibt es keine Komplikationen.

Nein, ich habe auch Zeit, auf mich wartet in Luxor niemand.

Dann lassen wir den Tag heute gemütlich angehen. Aber zuerst muss ich Dir ein Kompliment machen. Selten habe ich Leute getroffen, die so pünktlich und zuverlässig waren, wie Du trotz Deines Alters!

Das ist für mich selbstverständlich. Aber Du hast Recht, heute kann man das tatsächlich von jedem nicht einfach erwarten. Ich finde, wir hätten ein gutes Team abgegeben.

Nach dem Frühstück gingen wir dann zuerst in das kleine Museum. Hier waren eine Menge Fotos zusammen getragen worden, nicht nur über die Umsetzung der Tempel, sondern natürlich auch über ihre ganze Geschichte.

Hier war Ulrich nun natürlich in seinem Element, denn schließlich hatte er sich auch mit der Geschichte der Tempel vorher intensiv beschäftigen müssen.

Und er begann zu erzählen:

Du wirst lachen, denn gefunden hat diese Tempel 1813 ein Schweizer Forscher namens Johann Ludwig Burckhard, also fast ein Namensvetter zu mir. Er war mit einer Karawane in der Gegend südlich von Kasr Ibrim in Nubien unterwegs, als ihm Einheimische von einem besonders schönen Tempel am Nilufer bei Ebsambal, so nannte er Abu Simbel, erzählten.

Am 22.3.1813 fand er dann tatsächlich den Hathor-Tempel der Nefertari von Abu Simbel. Bei der Erkundung der Umgebung fand Burckhard dann auch den durch eine Sanddüne weitestgehend verdeckten Großen Tempel Ramses II. Sehen konnte er aber nur Teile der 4 Kolossal-Statuen. Sie befanden sich in einer tiefen, in den Hügel eingegrabenen Mulde. Zu sehen waren aber nur Teile der Figuren. Denn der Wind hatte sie mit Sand verschüttet, wie ein Wildbach Wasser von einem Berg herab stürzen lässt. Von einer Statue ragte noch der Kopf, Teile der Brust und die Arme aus dem Sand. Die benachbarte war fast nicht mehr zu sehen, da der Kopf fehlte. Von den beiden anderen ragte nur der Kopfputz aus dem Sand heraus.

Nach seiner Rückkehr in Kairo beschrieb Burckhard die von ihm entdeckten Tempel dem italienischen Abenteurer Giovanni Batista Belzoni, der darauf 1817 nach Abu Simbel reiste. Dabei gelang es ihm, den Sand vom oberen Teil des Einganges zu entfernen und ins Innere einzudringen. Er Beschrieb hinterher das Gesehene so:

„Es handelt sich offensichtlich um ein außerordentlich reiches Heiligtum, ausgeschmückt mit Flachreliefs, Gemälden und Kolossal-Statuen von großer Schönheit."

Die wissenschaftliche Untersuchung der Tempel begann aber erst 1828 durch eine französisch-toskanische Expedition unter Jean-Francois Champollion und Ippolito Rosellini, die eine Dokumentation des Tempel-Zustandes erstellten. Doch erst 1909 war die ganze Fassade des Großen Tempels vollständig vom Sand befreit.

Der große Tempel von Abu Simbel diente insbesondere dem neuen Verständnis der Königs-Philosophie von Ramses II. der in seiner Eigenschaft als göttlich legitimierter Herrscher gleichberechtigt zu anderen Gottheiten angesehen werden wollte. Dies zeigt sich schon an den vier in der Fassade dargestellten 21 Meter hohen Kolossal-Statuen des Ramses mit der Doppelkrone Ober- und Unterägyptens. Sie stehen erhöht und sind über eine Treppe mit 9 Stufen erreichbar. Die zweite von links ist unvollständig. Der Kopf und Teile des Torso liegen vor der Fassade am Boden. Durch ein Erdbeben im 34. Regierungs-Jahr Ramses II: wurde sie schon beschädigt, aber nicht wieder aufgebaut. Auch im Inneren sind Beschädigungen festzustellen, die scheinbar durch das gleiche Erdbeben entstanden sind.

Alle Statuen tragen Inschriften. Auf den beiden nördlichen steht:

„Ramses, der Geliebte des Amun",

„Ramses, der Geliebte des Atun".

Auf den südlichen Statuen ist zu lesen:
„Ramses, Sonne der Herrscher",
„Ramses,Herrscher der beiden Länder."
Damit hatte der Große Tempel sehr große
Bedeutung, denn er ist der „Reichstriade„
der 18. bis 20. Dynastie, den Göttern Ptah
von Memphis, Amun-Re von Theben und
Re-Harachte von Heliopolis, sowie Ramses
II. geweiht.

Ramses II. wollte so seinen Rang als *per-
sonifizierter Göttersohn*, sowie seine gött-
liche Legitimation auf Erden hervor he-
ben.

Als *Sonnenwunder* von Abu Simbel bezeichnet man ein Ereignis, das zwei Mal
im Jahr stattfindet. Hierbei beleuchten in
einem bestimmten Zeitraum die durch
den Tempel-Eingang eindringenden Son-
nenstrahlen für etwa 20 Minuten drei der
vier in sitzender Haltung dargestellten
Götterstatuen im 63 Meter tiefer liegenden Heiligtum. Dabei wird Amun-Re 6 Minuten, Ramses II. 12 Minuten und Re-
Harachte 6 Minuten angestrahlt. Ptah, der

mit dem Reich der Toten verbunden ist, bleibt im Dunklen.

Nach der Fertigstellung der Tempelanlagen vor 3.000 Jahren geschah dies während der Regierungszeit von Ramses II. immer im vierten Monat der Jahreszeiten *Peret* (21. Februar) und *Achet* (21.Oktober). Die abweichende Länge eines mittleren Sonnenjahres gegenüber dem Kalenderjahr ist dafür verantwortlich, dass sich der Azimut (das ist der Winkel zwischen der Meridian-Ebene und der Vertikal-Ebene eines Gestirns) des Sonnenstandes jedes Jahr verschiebt. Zusätzlich nimmt der alle vier Jahre eingelegte Schalttag Einfluss auf das Datum des Sonnenwunders. Es ergibt sich dadurch eine Schwankungsbreite von einem Tag in beide Richtungen.

Da sich das Sonnenwunder immer um die Tage des 21. Februar und des 21. Oktober ereignet, sind auch die oft fälschlich gemachten Angaben, es finde an den Tagundnachtgleichen im März und im Sep-

tember statt, nicht korrekt. Die Tagund-
nachtgleiche (Äquinoktien) zwischen dem
19. und 21. März und am 22. oder 23.
September markieren den astronomi-
schen Frühlings- bzw. Herbstanfang. Sie
sind überall auf der Erde gleich und ver-
schieben sich nicht, so dass das Sonnenwunder in keinem Zusammenhang damit
steht.

Für uns stellte sich damals die Aufgabe,
den Tempel genau so zu platzieren, dass
dieses Sonnenwunder erhalten blieb.
Aber dafür zogen wir Spezialisten hinzu,
denn wir wollten uns am Ende doch nicht
blamieren.

Vermutungen, dass die wechselnden Tage
mit der Verlegung der Tempelanlage zu
tun haben, können also aus astronomi-
scher Sicht ausgeschlossen werden. Wenn
jetzt der richtige Zeitpunkt wäre, könnte
ich es Dir vorführen."

Ulrich machte nur eine kleine Pause, um
etwas zu trinken, denn er wollte mir un-

bedingt auch noch die Geschichte des kleinen Hathor-Tempels erzählen:

Etwa 150 Meter vom großen Tempel entfernt steht der so genannte kleine Tempel. Er ist der Göttin Hathor von Ibschek und Nefertari geweiht. Hathor war in der ägyptischen Mythologie die Gattin des Horus und Hauptgöttin des altägyptischen Ortes Ibschek in der Nähe der Tempel-Anlagen. Die Darstellung von Ramses II., bezüglich seines Königsamtes, war im großen Tempel dem falkenköpfigen Horus dargestellt. In ähnlich ließ er den kleinen Tempel für seine große königliche Gemahlin Nefertari errichten. Auf einer Säuleninschrift im Inneren des Tempels heißt es:

*„Ramses, stark in der Wahrheit, Liebling des Amun, schuf diesen himmlischen Wohn*sitz *für seine geliebte königliche Gemahlin Nefertari."*

In der Fassade sind sechs Statuen von über 10 Metern Höhe alle in gleicher Größe dargestellt. Dies stellt eine besondere Auszeichnung für Nefertari dar, da die

Ehefrauen der Könige in der Regel kleiner als sie selbst dargestellt wurden, wie auch beim großen Tempel nebenan. Lediglich die Kinder neben den Eltern sind kleiner dargestellt, wie üblich.

Der kleine Tempel ist nur 21 Meter in den Fels getrieben. Sein Aufbau gleicht aber dem großen Tempel.

Man kommt zuerst in eine große Halle mit sechs Pfeilern, Pronaos genannt. Sie ist vorwiegend mit religiösen Szenen ausgeschmückt. Die Wände der Halle zeigen rituelle Tötungen libyscher und nubischer Feinde durch Ramses II. Von der Sechs-Pfeilerhalle tritt man durch drei Türöffnungen in den quer gelagerten Vorraum zum Heiligtum, der wiederum links und rechts kleine Nebenräume hat. Durch eine Mittel-Öffnung tritt man dann ins Allerheiligste. Dieser Raum ist schmucklos und leer.

Nachdem wir den großen Tempel zerlegt hatte, fiel es uns beim kleinen Tempel wesentlich leichter, denn die Dimensionen alleine waren kleiner.

Jetzt musste Ulrich erst einmal wieder Luft holen und etwas trinken, denn seine Kehle war vom vielen Reden ganz trocken geworden.

Dann sagte er nochmals sozusagen zur Bekräftigung seiner Worte: „So, das war also die Geschichte dieser Tempel. Es wäre doch schade gewesen, wenn man sie hätte einfach in den Fluten hätte versinken lassen. Aber dabei zeigte sich auch, wozu eine Weltgemeinschaft in der Lage ist, wenn sie zusammen hält."

Ehrfurchtsvoll hatte ich ihm die ganze Zeit aufmerksam zugehört und musste ihm am Ende völlig Recht geben.

Dann gingen wir heute erst einmal eine Kleinigkeit zu Mittag essen, denn wir hatten keine Eile.

Anschließend sahen wir uns dann noch die Geschichte des Nubischen Volkes an, dass unter der Überschwemmung großer

Landstriche natürlich gegen ihren Willen umgesiedelt werden musste.

Das sah einer Völkerwanderung beinahe gleich.

Den Rest des Tages verbrachten wir damit, nochmals beide Tempel zu besuchen, so als wären wir einfache Touristen. Wir unterschieden uns nur dadurch von ihnen, dass wir keine Fotos machten. Wird sich vielleicht doch mancher gewundert haben. Wir genossen einfach nochmals in Ruhe die Wirkung der riesigen Bauten. Denn Gott sei Dank waren die meisten Touristen gegen Abend wieder abgeflogen.

Als wir später gemütlich beim Bier saßen klingelte plötzlich Ulrichs Telefon. Die Baustelle war dran. Der Bauleiter teilte ihm freudig mit, dass uns der kleine Flieger doch schon morgen früh abholen könne.

Ulrich nahm es murmelnd zur Kenntnis. Man konnte sehen, dass er immer noch sauer war auf den jungen Bauleiter, der ihn am Eingang zum Militärcamp eine Stunde hatte warten lassen.

Wir standen am nächsten Morgen aber tatsächlich beide wieder um die gleiche Zeit auf, wie sonst. Frühstückten gemütlich und als wir den dritten Kaffee getrunken hatten, stand auch schon der Chauffeur da um uns zum Flugfeld zu fahren. Nach einer knappen Stunde waren wir wieder in Luxor und nach weiteren 30 Minuten in unserem Hotel.

10. WIEDER ZURÜCK

Den heutigen Tag nutzte ich, um meine Sachen zu waschen und wieder alles in Ordnung zu bringen. Danach legte ich mich wieder an den Pool, um zu faulenzen. Nachdem ich gebadet hatte machte ich wieder einen Bummel zu den beiden Verkaufsständen, dort an der Hauswand im Schatten.

Der junge Mann fehlte heute. Aber von den beiden Mädchen wurde ich strahlend empfangen. Gleich fragte mich eine, wo ich denn an den vorigen Tagen gewesen sei. Sie hatten schon geglaubt, ich sei abgereist, ohne mich zu verabschieden. Aber dann hatten ihnen die Leute von der Rezeption gesagt, dass ich mit dem anderen Herren weggefahren sei.

Ja, ich war mit Herrn Burghard drei Tage in Abu Simbel, gab ich zurück. Er ist Architekt und wollte mir seine Arbeit am Tempel zeigen. Jetzt bin ich wieder da und bleibe auch noch eine Woche.

Dann ging ich wieder zum Pool zurück zu meiner Liege.

Nach dem Abendbrot ging ich wieder in die Hausbar. Ulrich saß schon längst da und unterhielt seine Nachbarn. Er war wieder so gut gelaunt, wie früher. Als ich näher kam, machte er sofort wieder einen Platz für mich frei und stellte mich vor:

Wir beide haben in den vergangenen Tagen die beiden Tempel von Abu Simbel gründlich inspiziert. Ich glaube, sie werden die nächsten 100 Jahre heil überstehen!

Dann erklärte er mir, dass er schon wieder ein Telefonat erhalten hätte. Diese Mal von zu Hause, von seinem ehemaligen Chef. Er würde ihn dringend in Essen gebrauchen, wenn es sich einrichten ließe, sollte er doch sofort wieder heim kommen.

Pflicht bewusst, wie Ulrich nun mal war, hatte er zugesagt und auch schon für morgen den Rückflug gebucht.

Leider werde ich Dich also morgen wieder verlassen. Das werden wir heute aber noch gebührend begießen!

Ja, es wurde tatsächlich ein langer Abend. Denn wenn Ulrich ins Erzählen kam, fand er kein Ende. Aber seine Abenteuer waren ja auch sehr interessant. Man merkte dabei gar nicht, wie die Zeit verging.

Erst so gegen 1.00 Uhr verabschiedeten wir uns mit vielen guten Wünschen für beide Seiten und gingen schlafen.

11. SPHINX-ALLEE

Der nächste Tag sollte nun wieder wie ursprünglich geplant ablaufen. Ich wollte heute die Sphinxen-Allee vom Karnak-Tempel bis zum Luxor-Tempel marschieren. Das sind immerhin rund 2,7 Kilometer, aber die wollte ich unbedingt zu Fuß gehen, so wie man sie früher geschritten ist.

Sie diente vor ca. 3.400 Jahren als Weg für große Prozessionen mit den Barken-Sänften vom Karnak-Tempel zum Luxor-Tempel, insbesondere beim Opet-Fest, aber auch beim Dekaden-Fest und dem Tal-Fest.

Die Allee ist, wie die Tempel-Anlage von Luxor wohl von Amenophis III. (18. Dynastie) und Ramses II. (19.Dynastie) erbaut worden.

Sie hat eine Breite von 76 Metern und liegt an manchen Stellen tatsächlich bis zu 10 Meter unter dem jetzigen Niveau. Seitlich hat man eine neue Mauer gebaut, damit niemand herunter fallen kann. Sicher aber auch, um Eintritt kassieren zu können. Dort, wo die Mauer noch nicht steht, bekommt man einen guten Eindruck im Aufbau-Gefüge. Man erkennt tatsächlich, dass hier mehrere Besiedelungen übereinander und natürlich nacheinander errichtet worden sind. Dann kam ich auch an die alte Moschee, die noch versetzt werden soll. Sie ragt jetzt tatsächlich halb in die Sphinxen-Allee hinein. Aber das soll sich ja bald ändern.

Als ich am Luxor-Tempel ankam war es schon weit nach Mittag. Wieder hatte ich plötzlich das Gefühl, als wenn mich jemand anleuchtet. Es kam aus der Menschenmenge dort vor dem Eingang zum Tempel. Wieder konnte ich aber nicht feststellen, woher das Leuchten gekommen war.

Danach ging ich etwas essen und dann wieder an den Pool des Hotels. Natürlich badete ich zuerst, um mich etwas abzukühlen. Denn die Sonne hatte mich heute ganz schön erwischt. Die Verkaufsstände schienen heute verwaist, denn weder der junge Mann noch die beiden Mädchen waren da. Also legte ich mich unter eine Palme in den Schatten und machte ein Nickerchen.

Schweiß gebadet wachte ich erst auf, als ich wieder voll in der Sonne lag. Es war schon recht leer ringsum, denn es ging bereits auf den Abend zu. Einige Leute hatten sich schon zurück gezogen. Nun war ich wieder reif für ein kühlendes Bad im Pool.

Dann sah ich die beiden Mädchen wieder an ihrem Stand. Sie waren schon dabei einzupacken, hielten aber inne, als sie mich kommen sahen. Nachdem wir uns eine Weile unterhalten hatten wollte ich wieder gehen. Da fasste mich die eine am Ärmel und fragte mich, ob ich ihr nicht helfen könnte Deutsch zu lernen.

Natürlich willigte ich sofort ein, aber ich sei kein Lehrer. Trotzdem antwortete sie mir mit den Worten, heute Abend um 8.00 Uhr?

Ja.

Und schon war sie weg, weil sie von der andern gerufen worden war.

12. INTERESSANTE BEGEGNUNG

Etwas verwirrt kam ich in meinem Zimmer an. Was war denn das?

So ganz aus heiterem Himmel hatte sie mich gefragt, ob wir uns treffen könnten und auch gleich eine Zeit genannt.

Aber wo? Das hatte sie nicht gesagt.

Na gut, ich würde mich einfach überraschen lassen. Ich könnte ja hinunter an den Pool gehen zu 20.00 Uhr und dort warten.

Nachdem ich etwas gegessen hatte duschte ich und zog mir die saubere weiße Gelaba an.

Und schon hörte ich es 20.00 Uhr schlagen. Jetzt war es zu spät hinunter zu gehen. Also beschloss ich, hier einfach zu warten, es sollte wohl so sein.

Im nächsten Moment klopft es zaghaft an meiner Tür. Als ich öffne schlüpft ein mit einem riesigen schwarzen Umhang bekleidetes Wesen hastig an mir vorbei!

Bei Licht sah ich sofort, dass es die junge Frau vom Stand war.

Sie entschuldigte sich für ihr Eindringen. Aber es ginge nicht anders, denn es dürfte sie niemand bei mir sehen.

Ich bot ihr etwas zu trinken an. Sie nahm aber nur blankes Wasser, Alkohol trinke sie grundsätzlich nicht, erklärte sie mir. Ich blieb auch bei Wasser, wollte ja nicht unangenehm auffallen.

Um uns näher zu kommen, tauschten wir zuerst einige Informationen aus:

Sie hieß *Shakira* und war erst 19 Jahre alt. Damit könnte sie tatsächlich meine Urenkelin sein!

Warum sprichst Du so gut Deutsch?

Weil meine Oma aus Deutschland stammt und meine Mutter auch ein wenig Deutsch spricht.

Was ist Dein Vater?

Mein Vater ist der Besitzer von mehreren Hotels in Luxor und in Karnak; ihm gehört auch dieses Hotel.

Er darf von unserem Treffen nichts erfahren, denn er hat für mich ganz andere Pläne. Für ihn gehört eine Frau an den Kochtopf und er hat auch schon einen Mann für mich ausgesucht, der ist aber viel zu alt für mich und außerdem mag ich ihn nicht.

Aber einfach weglaufen von zu Hause, möchte ich auch nicht. Sicher würde er mich überall suchen lassen. Und ohne Geld ist es ohnehin aussichtslos für mich! Und was sagt Deine Mutter dazu?

Sie möchte mir gerne helfen, aber gegen meinen Vater hat sie auch keine Chance.

Auf meine Frage, ob sie denn keine Angst hätte, alleine zu sein mit einem fremden Mann, meinte sie:

Ich habe Dich als einen ehrlichen und moralisch einwandfreien Mann eingeschätzt. Ich glaube daran, dass Du mir helfen wirst.

Also gut, sagte ich, gerne möchte ich Dir helfen. Vielleicht habe ich auch schon eine Idee?!

Dann machten wir uns aber über den „Sprachunterricht". Das hatte ich auch noch nie gemacht, aber es viel mir nicht schwer, immer die richtigen Worte zu finden. Nach eineinhalb Stunden brummte uns beiden der Kopf und sie meinte, dass sie nun auch wieder gehen müsste, sonst würde ihr Vater misstrauisch werden.

Darf ich morgen Abend wieder kommen oder bin ich Dir eine Last?

Nein, ich bin sogar richtig froh, eine echte Aufgabe zu haben. Deshalb helfe ich Dir gerne.

Sie gab mir die Hand, legte ihren riesigen schwarzen Umhang um und schlüpfte durch die Tür und war im nächsten Moment schon im Dunkel verschwunden.

Das war eine Überraschung in der Abendstunde!

Aber sie war nicht unangenehm. Im Gegenteil, es war richtig prickelnd, ihr gegen den Willen ihres Vaters zu helfen.

Mit vielen neuen Gedanken schlief ich heute ein und hoffte, dass mir meine

Großmutter erscheine und mir einen guten Tipp geben könnte.

13. LUXOR TEMPEL

Am nächsten Tag war ich besonders früh wach geworden. Das lag sicher an der abendlichen Begegnung. Um 7.00 Uhr ging ich schon zum Frühstück.

Was hatte ich heute auf dem Programm? Richtig, heute wollte ich mir den Luxor-Tempel in aller Ruhe ansehen. Zwar war ich vor ein paar Jahren schon einmal durch gegangen, aber mit einer großen Gruppe bekommt man nur wenig mit.

Luxor wurde erst seit der 11.Dynastie, 2119 v. Chr., in der Geschichte erwähnt. Es war ein Teil von Theben, das sich zur Hauptstadt des Landes entwickelte. Ausgrabungen haben gezeigt, dass Theben, die Hauptstadt des Mittleren Reiches war. Unter Amenophis III. (18.Dynastie, etwa 1.400 v. Chr.) entstand südlich von Karnak ein weiterer großer Tempel zu Ehren der thebanischen Göttertrinität Amun, Mut und Chons der Luxortempel. Genau wie der Karnak-Tempel wird er über Generationen im Neuen Reich erweitert.

Der Tempel hat eine Gesamtlänge von 250 Metern. Dabei versuchte jede Baugeneration den Vorgänger in den Ausmaßen zu übertreffen, das trifft hauptsächlich auf Amenophis III. und Ramses II. zu.

Bevor man den Tempel betritt steht man vor dem riesigen 1. Pylon mit 65 Meter Breite. Darauf ist Ramses II. in einer Schlacht dargestellt, wo er mit einem Streitwagen mitten durch die Feinde prescht und sie schlägt oder vernichtet.

Vor dem 1. Pylon steht noch einer der beiden großen Obelisken. Der andere wurde 1836 als Geschenk nach Frankreich gebracht und steht seither auf dem Platz de la Concorde. Von den sechs großen Pharaonen-Statuen vor dem Pylon, die Ramses II. darstellen, sind nur noch eine sitzende und zwei stehende Figuren erhalten. Der Rest liegt in Bruchstücken davor.

An der Südwest-Wand des 2. Pylons befindet sich ein interessantes Relief. Es zeigt einen Flaggen geschmückten Pylon und beweist somit, dass in den typischen Vertiefungen, die noch heute zu sehen sind, Fahnenmasten standen.

Nach dem 2.Pylon betritt man einen mächtigen Säulengang, den schon Amenophis vor dem eigentlichen damaligen Tempel errichten ließ. Die Balken lagern heute noch auf den fast 16 Meter hohen Papyrus-Säulen. An seinem Eingang befinden sich mehrere mächtige sitzende Statuen , die Ramses II: darstellen.

An der westlichen Außenwand sieht man ein wichtiges Relief. Es zeigt, wie man am Opet-Fest die Götter des Tempels von Karnak in ihren Barken auf dem Nil nach Luxor gefahren hat. Sie besuchen die dortigen Götter und reisen nach ein paar Tagen wieder zurück. Der Tempel unterstreicht mit seinem Grundriss die Idee eines Fest- Tempels- einer Kulisse für den Weg der Gottheit bei den großen Prozessionen, insbesondere beim Opet-Fest, aber auch beim Dekaden-Fest und dem Tal-Fest.

Die Sänften mit dem Gott Amun von Karnak, seiner göttlichen Gemahlin Mut und dem Götterkind Chons trugman in den Tempel von Luxor.

Hierbei diente der Luxor-Tempel als Stations-Heiligtum für den Amun von Karnak seiner göttlichen Gemahlin Mut und dem Götterkinde Chons. Die Barken-Sänften wurden in einem dreigliedrigen Sanktuarium hinter dem Front-Pylon abgestellt. Die Barke des Amun trug man allerdings weiter nach hinten und stellte sie in einem zentralen Barken-Sanktuarium ab.

In den Seitenräumen wurden dann geheime Riten abgehalten. Es ging um Themen der kultischen Welt-Erneuerung, um die Erneuerung der göttlichen Geburt des Königs. Natürlich auch um die Vereinigung des Pharaos mit seinem göttlichen Ka, seiner göttlichen Seelengestalt.

Nach dem mächtigen Säulengang betritt man den 2. Hof, der ebenfalls zweireihig mit Säulen umgeben ist. Er öffnet sich zu der Vorhalle des eigentlichen Tempels, dessen Decke von 4 x 8 Papyrus-Säulen getragen wird.

Von dieser Vorhalle kommt man in den Vorsaal. Danach kommt man nur noch durch einen kleinen Saal und dann steht man endlich im Allerheiligsten.

Sehenswert ist nun noch ein Relief, dass sich im sogenannten Geburtsraum östlich des Allerheiligsten befindet. Es zeigt die Schöpfung zweier Knaben Amenophis und seines Ka, seiner Seele. Man wird erinnert bei diesem altägyptischen Legenden-Material an die christliche Weihnachtsgeschichte.

Damit endete mein Rundgang heute durch diesen Tempel und es wurde Zeit etwas zu essen und wieder nach Hause zu gehen. Denn viel brennender interessierte mich heute, ob es im Hotel irgend welche Neuigkeiten gab.

Als ich, wie gewohnt, an den Pool kam war alles so wie immer. Es waren anscheinend neue Gäste gekommen, die sich heute besonders breit machten. Alle Liegen waren irgendwie belegt, auch wenn dort gar keiner saß. Aber Aron der freundliche Helfer am Pool machte mir schnell einen Platz frei. Ich hatte ihm übrigens gleich am ersten Tag ein Trinkgeld gegeben und das wirkte bis jetzt noch nach.

Auch eines der beiden Mädchen arbeitete fleißig an ihren Souvenirs. Sie grüßte schon freundlich von weitem. Aber ich lief nicht gleich hin. Doch wo war Shakira?

Nach einer Weile war sie auch wieder an ihrem Platz und bastelte.

Jetzt, da ich wusste, dass Shakira die Tochter des Hotel-Besitzers ist, war ich besonders vorsichtig. Ich fürchtete, dass Aron uns genau beobachtete. Vielleicht hatte er auch vom Vater extra einen Auftrag dazu.

Später schlenderte ich wieder an den Ständen vorbei, es waren gerade eine Menge Leute dort, die etwas kauften. Ganz beiläufig streifte mich Shakira am Arm und lächelte mich verstohlen an. Wir verstanden uns und ich nickte nur. Der Nachmittag verlief wie immer, bis auf einen Unfall mit einem kleinen deutschen Jungen. Er war zu nahe am Pool vorbei gerannt und mit seinen nassen Füßen ausgerutscht. Nur gut, dass es jemand beobachtete, denn der Junge konnte noch nicht schwimmen. Ich fand das sehr unverantwortlich von den Eltern. Aber manche Eltern kreisen ständig wie ein Helikopter über ihren Kindern und beschützen sie, aber sie lernen dadurch nicht Verantwortung zu übernehmen. Schwimm-Unterricht wäre bei diesen Rowdys längst höchst angebracht gewesen.

Na ja, es ging ja Dank der Aufmerksamkeit anderer Leute noch einmal gut. Aber Sie hielten es nicht mal für geboten, sich zu bedankten. Hielten es offensichtlich für selbstverständlich.

Dann wurde es Zeit, mich zurück zu ziehen. Ich packte meine Sachen, trug sie ins Zimmer und ging ins Hotel, um eine Kleinigkeit zu essen; großen Hunger hatte ich bei der Hitze ohnehin nicht.

Pünktlich um 20.00 Uhr klopfte es wieder bei mir an der Tür.

Sofort machte ich auf und ließ Shakira herein. Sie war wieder frisch angezogen und gut gelaunt. Wieder trug sie den großen schwarzen Umhang, der sie vor den unliebsamen Blicken schützen sollte. Denn bei dem Licht jetzt konnte man sie tatsächlich kaum ausmachen. Man sah, dass es ihr richtig Spaß machte, hinter dem Rücken ihrer Eltern etwas selbstständig zu unternehmen.

Wir setzten uns sofort und nachdem ich sie gefragt hatte, ob es jemand bemerkt hatte, fingen wir an Deutsch zu lernen.

Sie hatte dazu heute ihre Unterlagen zu einem Deutsch-Kurs mitgebracht. Nun hatte wir wenigstens einen Leitfaden, denn ich war ja diesbezüglich völlig ungeübt und vor allem unvorbereitet.

Wir kamen gut voran und ich merkte, dass sie schon viel gelernt hatte. Wenn wir ein paar Wochen so intensiv lernen würden, könnte sie sicher perfekt Deutsch!

Am Ende unterhielten wir uns dann noch über ihre Zukunft. Und ich fragte sie, ob sie nicht Lust hätte, etwas zu studieren. Vielleicht wäre das auch gegenüber ihrem Vater ein Argument. Dann wäre sie ja viel mehr Wert und sie selbst könnte dadurch Zeit gewinnen.

Ja, ich würde schon gerne Betriebswirtschaft studieren, dann könnte ich auch meinem Vater helfen, der davon gar keine Ahnung hat und immer auf fremde Leute angewiesen ist. Meine Mutter sagt, dass er andauernd nur betrogen wird, ohne dass er es merkt.

Das reichte für heute, denn es ging tatsächlich schon auf 22.30 Uhr zu. Also verabschiedete sich Shakira wieder und ging nach Hause.

Ihre Unterlagen ließ sie aber bei mir. Ich sollte sie gut verstecken, damit die Zimmermädchen sie nicht sehen sollten.

Weißt Du, bei uns haben die Wände Augen und Ohren, sagt man.

Ich legte die Hefte in meinen Koffer und schloss ihn ab, das würde wohl reichen. Dann ging ich auch ins Bett.

Aber noch lange beschäftigte mich das Schicksal von Shakira. Ob es mir wohl gelingen würde, sie aus den Krallen ihres Vater zu befreien? Jedenfalls musste ich da sehr behutsam vorgehen. Auch überlegte ich, ob und wie wir ihre Mutter da mit einbinden sollten. Denn gegen ihre Mutter wollte ich ihr nicht raten etwas zu tun. Das würde ich ihr morgen vorschlagen.

Am nächsten Tag nahm ich mir, wie immer, wieder etwas vor. Dieses Mal wollte ich die Moschee und die koptische Kirche auf der Stadtseite des Luxor-Tempels genauer ansehen.

Als ich eine Weile vor der Moschee stand und sie von allen Seiten betrachtete kam ein Moslem, ebenfalls bekleidet mit einer Gelaba, aus der Moschee und fragte, ob ich die auch von innen sehen möchte. Dann dürfte ich gerne auch mit hinein kommen.

Nachdem ich meine Schuhe, wie er, ausgezogen hatte, führte er mich durch alle Räume. Überall saßen Gläubige beteten, unterhielten sich oder waren mit ihren Kindern beschäftigt. Ich wurde in meiner Gelaba überall freundlich gegrüßt. Natürlich *durfte* ich am Ende auch eine Spende geben, das ist so üblich.

Dabei erfuhr ich, wie es überhaupt zu dieser Überbauung gekommen war?

Die Moschee steht etwa 5 Meter höher, als der Tempel. Bis zu der Höhe war er durch ein Erdbeben verschüttet. Wohl erst im 19. Jahrhundert wurde auf dem ziemlich vergessenen Ruinenfeld des

Luxor-Tempels diese Moschee des *Abu el-Haggag* erbaut. Yusuf Abu el-Haggag war ein Sufi-Scheich, der um 1150 in Bagdad geboren wurde. 1221 trat er mit seinen 4 Söhnen eine Pilgerfahrt nach Mekka an, wo einer seiner Söhne starb. Auf der Rückreise ließ er sich in Luxor nieder, wo er auch starb.

Dieser Heilige wird auch heute noch sehr verehrt. Angeblich liegt in der Abu el-Haggag- Grabmoschee auch eine gewisse *Thazah* bestattet. Sie wird mal als eine zum Islam übergetretene koptische Sklavin, mal als die Gattin Abu el-Haggag bezeichnet.

Bei der Freilegung des Luxor-Tempels wurde das Dorf Luxor , das sich ursprünglich an dieser Stelle befand zerstört. Die Abtragung der Moschee stieß dagegen auf Widerstand in der islamischen Welt, nicht nur weil Abu el-Haggag als Schutzheiliger von Luxor verehrt wurde, so blieb sie einfach stehen. Daneben steht eine koptische Kirche.

Deshalb sind Grabungen aus religiösen Gründen bis heute an dieser Stelle kaum möglich.

Danach pilgerte ich wieder langsam nach Hause und ging, wie gewohnt an den Pool. Heute hatte mir Aron aber schon eine Liege im Schatten reserviert, denn er kannte inzwischen meine Gewohnheiten.
In dem Punkt haben die Ägypter ein gutes Gespür. Natürlich ging ich auch wieder zu den Mädchen. Unterhielt mich aber mit beiden ganz ungezwungen, obwohl die andere nur englisch sprach. Unbemerkt zwinkerte mir Shakira in einem unbeobachteten Moment zu. Ich nickte nur.
Dann kam wieder der Abend und Shakira stand vor der Tür. Ich hatte sie schon kommen sehen und öffnete die Tür, bevor sie klopfte.
Auch heute gab es erst wieder eine rechte Deutsch-Lektion. Als uns beiden der Kopf rauchte, machten wir Schluss.

Ich fragte Shakira, ob sie sich zutrauen würde nach Deutschland zu gehen, um dort zu studieren. Die Bedingungen seien ausgezeichnet und außerdem könnte ich sie ja unterstützen.

Ich schlug vor, ihre Mutter langsam mit ins Boot zu holen. Vielleicht könnte sie ihr wertvolle Schützenhilfe geben. Sie war begeistert und malte sich sofort aus, wie sie ihre Mutter damit konfrontieren könnte.

Aber bitte, sei vorsichtig. *Falle nicht mit der Tür ins Haus* – so sagt man in Deutschland, wenn man langsam vorgehen muss.

Dann ging sie wieder auf leisen Sohlen nach Hause.

Für den nächsten Tag hatte ich noch kein festes Programm. Ich könnte noch das Luxor-Museum anschauen, aber große Lust hatte ich nicht.

Gut, auch noch ein paar Kleinigkeiten hatte ich zu besorgen. Und übrigens ging nun mein Urlaub auch schon langsam dem

Ende entgegen. Übermorgen war schon Abreisetag.

Was mit Shakira noch zu besprechen war, müsste jetzt erfolgen.

Mal sehen, mit welcher Botschaft Shakira sie heute kommt. Am Nachmittag traf ich sie zufällig im Garten. Im Vorbeigehen sagte sie zu mir, dass sie gute Nachrichten habe.

Dann kam der Abend und sie stand, wie gewohnt, bei mir vor der Tür. Kaum, das sie drinnen war sprudelte es aus ihr heraus:

Meine Mutter ist ganz begeistert von Deinem Vorschlag. Sie würde es meinem Vater tatsächlich so beibringen dass er kaum nein sagen könne. Außerdem meinte sie, dürfe sie auf keinen Fall erwähnen, dass sie den Vorschlag vom Vater absolut ablehne. Ihn einfach dabei lassen, dass alles nur verschoben ist.

Aber meine Mutter stellt auch noch eine Bedingung. Sie möchte Dich gerne kennen lernen. Sie will doch wissen, wem sie ihre Tochter so bedingungslos anvertraut.

Für mich kein Problem, vor Deiner Mutter habe ich keine Angst. Aber wo und wie, habt ihr das schon bedacht?

Meine Mutter ist darin perfekt. Sie schlägt vor, dass wir einkaufen gehen und dann gegen 16.00 Uhr im Kaffee *Maxime* in der Altstadt, nahe dem Luxor-Museum, einen Tee trinken. Da geht mein Vater garantiert nicht hin, denn es ist ein recht armes Viertel. Dort solltest Du schon auf uns warten. Wir fragen dann einfach, ob bei Dir noch frei ist. Und so können wir uns dann ungestört eine Weile unterhalten. Du müsstest nur dafür sorgen, dass noch Platz ist bei Dir. Wirst Du das Lokal finden?

Kein Problem, ich habe einen Mund, um zu fragen, wenn ich es nicht gleich finde.

Der Deutsch-Unterricht kam dadurch freilich heute etwas kurz. Aber es war wichtiger, das Grundsätzliche zu besprechen.

Dann war es auch schon wieder Zeit uns zu verabschieden, denn gelegentlich machte ihr Vater auch noch einen späten Besuch bei ihr. Einfach, um zu sehen, was seine Tochter so treibt.

Es wäre fatal, wenn sie dann noch nicht da wäre. Sie gab zu Hause zwar immer an, dass sie sich noch mit ihrer Freundin treffe. Die war darüber informiert, aber bisher vorsichtshalber nicht in unser Geheimnis eingeweiht. Dazu war noch Zeit genug.

Sie verschwand ebenso lautlos, wie sie gekommen war. Bisher hatte sie wohl noch niemand beobachtet.

14. UNSER BÜNDNIS

Der vorletzte Urlaubstag brach an. Ich packte schon langsam zusammen, bevor ich in die Stadt ging. Ich fand auch das besagte Lokal Maxime sofort.

Leider war ich viel zu früh dort. Das hieß, die Zeit irgend wie zu überbrücken. Kein Problem, denn ich hatte unterwegs tatsächlich eine deutsche Zeitung erwischt. Und die las ich nun von vorne bis hinten zwei Mal.

Endlich war es 16.00 Uhr, aber die Damen waren immer noch nicht in Sicht. Dann, es war 10 Minuten nach vier, sah ich Shakira kommen.

Also die nette Frau in ihrem Schlepp, musste wohl ihre Mutter sein. Ich hatte sie mir irgendwie streng und sogar vergrämt vorgestellt. Nichts von dem.

Dann standen sie vor mir. Ich hatte mit einer Zeitung einen Platz belegt und ein zweiter war außerdem noch frei. Die Mutter fragte, ob noch frei wäre und beide

Frauen setzten sich. Vorstellen war jetzt etwas schwierig, aber Shakira verstand es meisterlich.

Sind Sie Tourist oder beruflich hier, begann sie. Ich stellte mich mit Namen vor und sagte, dass ich einfacher Tourist aus Deutschland sei. Meine Gelaba trage ich aus Bequemlichkeit und um nicht so unangenehm aufzufallen.

Dies ist meine Mutter.

Damit war die Vorstellung schon perfekt. Und nun konnte schon das Gespräch beginnen.

Ich entschuldigte mich zuerst, dass ich so frech gewesen sei, ihrer Tochter Privat-Unterricht zu geben.

Sie wiederum bedankte sich, dass ich bereit wäre ihrer Tochter zu helfen. Und ich kam direkt zur Sache:

Wenn Sie es erlauben, dass Ihre Tochter ins Ausland gehen dürfte, um zu studieren, würde ich ihr gerne dabei behilflich sein. Ich wohne nicht weit weg von Freiburg und dort gäbe es ideale Studien-

Bedingungen. Selbstverständlich könnte sie bei mir zumindest am Anfang kostenlos wohnen. Und an der Schule könnte ich ihr auch sicher behilflich sein.

Im Übrigen spreche sie ja schon so gut Deutsch, dass sie meine Hilfe bald nicht mehr brauchen würde. Aber ich würde selbstverständlich, sozusagen als ihr „Opa" auf sie etwas aufpassen. Das sei ich schon ihren Eltern schuldig.

Das hatte wohl bei ihrer Mutter ins Schwarze getroffen. Denn sofort schlug die anfängliche Vorsicht in volles Vertrauen zu mir um.

Die Mutter bot mir sogar an, sie mit Vornamen anzusprechen, weil ihr Nachname viel zu kompliziert sei.

Ich heiße *Emilia,* das ist viel einfacher, vorausgesetzt Sie sind einverstanden.

Sehr angenehm. Und ich heiße *Erhard.* Ich komme aus Deutschland und bin Witwer, inzwischen fast 75 Jahre alt. Ihre Tochter könnte also fast meine Urenkelin sein. Sie brauchen also keine Angst um ihre Tochter zu haben.

Damit wurde die Unterhaltung natürlich noch einfacher. Nun wurden Pläne geschmiedet, wie wir gemeinsam vorgehen sollten:

Ich werde zuerst mit meinem Mann sprechen und ihm erklären, dass unsere Tochter hier zu Hause nicht ihre wertvolle Zeit verbummeln darf. Das ist eine Schande!

Es wäre ihm doch eine große Hilfe, wenn sie einen Beruf ergreifen würde, mit dem sie ihrem Vater tatkräftig unterstützen könnte. Also sollte sie Betriebswirtschaft studieren. Wenn er das einsieht, haben wir schon halb gewonnen.

Dann erzähle ich ihm, dass Shakira eine Deutsche Studentin kennen gelernt hat, die ihr das Studium wärmstens empfohlen hat.

Wenn er auch das geschluckt hat, bereiten wir eine Reise Shakiras nach Deutschland vor.

Das geht aber nur Schritt für Schritt, denn mein Mann muss erst alles nacheinander begreifen und verdauen.

Vor allem muss er glauben, dass das alles auf seinem Mist gewachsen ist.

Ich kann mir vorstellen, dass er dann sogar bereit ist, ihr ein ordentliches Stipendium zu genehmigen, denn es kann ja wohl nicht sein, dass unsere Tochter auf Ihre Kosten lebt. Wenn er davon überzeugt ist, ist er auch großzügig.

Dann wird er sofort allen seinen Freunden erzählen, wie tüchtig seine Tochter ist.

Emira bat uns aber sehr vorsichtig zu sein und uns nicht erwischen zu lassen. Dann wäre alles vergebens gewesen. Auch dem Personal dürften wir nicht trauen, denn einige ständen bei ihrem Mann doppelt auf der Gehaltsliste, als Arbeiter und als Spion!

Aber wie beginnen wir das Spiel, fragt ihre Mutter.

Gleich wenn ich wieder zu Hause bin werde ich einen Brief an Shakira schreiben und eine Einladung nach Deutschland aussprechen. Den Brief schreibe ich aber im Namen von Shakiras angeblicher Freundin Seline, die in Freiburg gerade selbst studiert. Dann müssen Sie aktiv werden und mit Ihrem Mann sprechen.

Shakira sollte so schnell wie möglich nach Deutschland kommen, weil sicher viele Dinge vorzubereiten seien und die Einschreibung in der Regel schon immer weit vor Studienbeginn liegt.

Das fand Ihre Mutter genial und wir konnten nun unser erstes Gespräch zufrieden beenden.

Dann verabschiedeten wir uns und gingen getrennt nach Hause, obwohl wir den gleichen Weg hatten.

Ich war gespannt auf heute Abend. Würde Shaskia heute überhaupt kommen?

15. ABSCHIEDSABEND

Sie kam und zwar klopfte sie schon ein paar Minuten vor 8.00 Uhr an meine Tür. Freudestrahlend trat sie ein und wäre mir beinahe um den Hals gefallen. Aber sie bremste sich gerade noch.

Dafür fing sie sofort an zu erzählen:

Meine Mutter hat bereits angefangen mit meinem Vater über mich zu sprechen. Es passte gerade, denn er kam heim und war gut gelaunt, was nicht oft vor kommt. Aber heute sei wohl gerade alles sehr gut gelaufen – er meinte natürlich seine Geschäfte.

Also meine Mutter hielt dagegen, dass sie gar nicht alles gut fände. Ihr missfiele zum Beispiel, dass ich zu Hause nur meine Zeit mit Nebensächlichkeiten verplämpere.

Da horchte er auf und meinte, dass sie nicht ganz Unrecht habe. Aber was wäre dagegen zu tun?

Genau auf diese Frage hatte meine Mutter gewartet und sie legte los:

Was er davon hielte, wenn man sie zwingen würde etwas zu studieren, was ihrem Vater eine Hilfe wäre.

Das fand er sofort sehr gut. Vielleicht könne sie dann auch einmal die Buchhaltung für seine Hotels übernehmen. Er hätte schon lange den Eindruck es wäre besser, man könne es im Rahmen der eigenen Familie erledigen, damit kein Außenstehender Einblick bekommt. Außerdem würde sie natürlich dadurch auch als Person aufgewertet.

Genau, stieß meine Mutter nach!

Aber wie könne man es anstellen, dass Shaskia darauf eingeht und keinen Verdacht schöpft?

Da meinte meine Mutter, dass er es ihr nur überlassen sollte, denn sie habe auf ihre Tochter mehr Einfluss als er.

Sie würde sich zu gegebener Zeit schon etwas einfallen lassen.

Damit war ihr Vater einverstanden.

Alles das hatte Shaskia zufällig durch die halboffene Tür des Wohnzimmers gehört, ohne dass sie eigentlich mithören wollte. Aber so hatte sie wenigstens mit eigenen Ohren gehört, dass ihre Mutter wirklich alles in die richtige Bahn lenken würde.

Jetzt fiel sie mir spontan um den Hals und bedankte sich dafür, dass ich ihr so weit geholfen hatte.

Ich habe doch noch gar nicht viel für Dich getan!

Doch, ohne Dich hätte ich nie einen Ausbruch gewagt und außerdem war ich mir nicht sicher, ob ich meine Mutter auch einweihen sollte. Aber das war auf jeden Fall der richtige Weg!

Der Deutsch-Unterricht war heute total unwichtig. Es gab viel wichtigere Dinge zu besprechen. Zum Beispiel, wann sie nach Deutschland kommen sollte. Ich meinte: „So bald wie möglich. Jetzt war es Frühling und wir sollten versuchen bereits für das Herbst-Semester einen Platz zu bekommen.

Was da zu tun sei, wüsste ich zwar im Moment auch noch nicht, aber ich würde mich unmittelbar nach meinem Urlaub darum kümmern.

Ganz wichtig sei es, eine Kommunikations-Möglichkeit zu finden. Entweder über eine Freundin oder eventuell auch direkt über ihre Mutter. Ihr eigenes Handy schied aus, weil da gelegentlich auch ihr Vater einen Blick darauf warf, um zu sehen, was seine Tochter so treibt und mit wem sie kommuniziert. Zum Schluss sagte ich zu ihr:

Ich glaube der Kontakt über Deine Mutter wäre am besten. Denn wir haben ja keine Geheimnisse vor ihr und außerdem machen wir damit Deine Mutter zur wichtigsten Person. Wenn etwas schief geht, kann sie sofort entscheiden, was zu tun ist!

Vorsichtshalber gab ich ihr schon mal meine Telefon-Nummer, falls etwas Außergewöhnliches zu besprechen sei.

Wir verblieben so, dass sie das mit ihrer Mutter besprechen würde. Morgen müssten wir uns dann unbedingt noch einmal sehen.

Das versprach ich, denn mein Flughafent-
ransfer ging erst gegen 10.00 Uhr morgens.

Shaskia fiel mir nun noch einmal um den
Hals und drückte mich ganz lange – eben
so wie es eine Enkelin mit ihrem Opa machen würde. #Ich fand auch nichts dabei.
Im Gegenteil, das bewies nur, dass sie ab-
solutes Vertrauen zu mir hatte.

Dann huschte sie wieder , wie gewohnt,
zur Tür hinaus. Freilich erst, bevor sie in
beide Richtungen gelauscht hatte, ob vielleicht jemand zufällig auf dem Flur unterwegs war.

16. MEIN REISETAG

Der letzte Tag brach an, er war wie alle anderen. Ich stand früh auf, obwohl ich gar nichts mehr zu erledigen hatte. Also konnte ich es heute alles ganz langsam angehen lassen.

Gemütlich ging ich ausgiebig frühstücken. Verabschiedete mich vom Personal und ging an die Rezeption, um dort meine Schulden zu begleichen. Aber es war gar keine Rechnung mehr offen. Die ersten Tage hatte alle Ulrich auf seine Rechnung genommen und später hatte ich immer gleich bar bezahlt. Danach schlenderte ich durch den Garten und am Pool vorbei.

Der junge Mann mit seinen Sand-Flaschen war da und auch eines der Mädchen, aber es war nicht Shakira.

Hatte sie heute frei?

Oder ging sie mir aus dem Wege? Wir wollten uns doch vor der Abreise noch einmal kurz sprechen.

Keine Ahnung, auch nach mehrmaligem Rundgang fand ich darauf keine Antwort. Na, vielleicht taucht sie ja kurz vor meiner Abfahrt auf. So ging ich in mein Zimmer und packte die letzten Sachen ein und ging langsam hinunter, denn in 30 Minuten sollte mein Zubringer abfahren. So lange setzte ich mich in die kühle Halle und wartete, dabei beobachtete ich ganz genau das Treiben.

Aber von Shakira keine Spur!

Dann kam mein Abholer, nahm freundlich mein Gepäck und lud es ein. Nachdem ich mich noch einmal umgesehen hatte, stieg ich auch ein.

Komisch, nichts von Shakira zu sehen. Na gut, sicher hatte sie ihren Grund dafür, dass sie nicht da war. Vielleicht hatte ihr Vater doch schon Wind von uns bekommen und ihr heute absichtlich Arrest verpasst!

Etwas traurig fuhr ich vom Hotel ab. Aber ich würde ja gleich von zu Hause an sie schreiben.

Am Flughafen angekommen suchte ich meinen Schalter, um gleich einzuchecken. Es waren noch nicht viele Leute dort, so dass es wieder recht schnell ging.

Dann schlenderte ich durch die Halle, um meinen Ausgang zu suchen.

Genau in dem Moment vernahm ich wieder das bekannte Blitzen. Es war dieses Mal etwas schwächer, als draußen vor den Tempeln, aber es schien das gleiche zu sein. Ich blieb stehen und schaute aufmerksam in die Richtung, aus der ich es vernommen hatte. Und da entdeckte ich zwei Frauen tadellos in Weiß gekleidet am Rande der Halle stehen, von denen erneut das Blitzen kam.

In dem Moment erkannte ich Shakira und ihre Mutter Emilia. Shakira kam zu mir gerannt.

Hastig erzählte sie in knappen Sätzen, dass zu Hause scheinbar alles genau nach Plan ihrer Mutter laufe. Dann umarmte sie mich ganz lange wünschte mir gute Reise und huschte sofort wieder zu ihrer

Mutter zurück. Beide winkten mir freundlich zu, drehten sich um und verschwanden in der Menschenmenge.

Etwas benommen stolperte ich zu meinem Flieger, stieg ein und setzte mich. Erst jetzt wurde mir bewusst, dass das Blitzen jedes Mal von Shakira gekommen sein musste, denn an ihrer Hand hatte ich einen Ring mit einem riesigen Stein bemerkt. Dem Funkeln nach konnte es wirklich ein echter Diamant sein.

Dann hob auch schon die Maschine ab und ich hatte nun Zeit das Erlebte noch einmal vor meinen geistigen Augen ablaufen zu lassen. Gelegentlich schmunzelte ich vor mich hin, da schauten die Nachbarn mich ganz eigenartig an.

Ja, es war ein sehr aufregender und interessanter Urlaub gewesen. Besonders die Begegnung mit Shakira und ihrer Mutter war sehr prickelnd, allerdings nicht als Liebesbeziehung, sondern als reine Freundschaft. Und das sollte es auch bleiben.

17. WIEDER DAHEIM

Der Heimflug verlief ohne Zwischenfälle.
Gleich am nächsten Tag machte ich mich
daran, an Shakira den besagten Brief ihrer
angeblichen Freundin zu schreiben. Ich
überlegte zuerst, was da alles darin stehen müsste und dann legte ich los:

Liebe Shakira,

*gestern bin ich heil und wohlbehalten
wieder zu Hause angekommen. Gleich
heute war ich in der Uni und habe mich
umgehört und umgesehen. Deshalb will
ich sofort mein Versprechen einlösen und
Dir schreiben.*

*Jetzt ist schon Einschreibungs-Zeit für den
nächsten Studienbeginn und es geht bereits los mit den Bewerbungen. Deshalb
würde ich Dir empfehlen, möglichst bald
hierher zu kommen, um Dich zu bewerben. Ich denke, Du hättest eine gute
Chance, einen Platz zu bekommen. Vielleicht müsstest Du aber auch erst einen
Sprachkurs belegen.*

Ganz sicher musst Du aber eine Menge Formulare ausfüllen, bei dem ich Dir selbstverständlich behilflich sein werde. Wohnen kannst Du vorerst kostenlos bei mir, bis Du ein geeignetes Zimmer gefunden hast. Es gibt hier auch eine Menge Studenten-Wohnheime, wo Du Dich dann sofort bewerben müsstest.

Also, liebe Shakira, überlege nicht lange, sondern starte bald, ich habe es auch so gemacht. Ich hoffe sehr, dass Deine Eltern damit einverstanden sind.

Es grüßt Dich ganz herzlich
Deine Freundin Celine.

Gleich brachte ich den Brief zum Briefkasten, damit er noch heute weggehen sollte.

Gespannt wartete ich nun auf die Reaktion, denn dieser Brief sollte ja dazu dienen, ihren Vater vollends zu überzeugen.

Würde er auch wirklich nicht die wahren Zusammenhänge wittern? Dann hätten wir schlechte Karten. Aber so wie ich ihre

Mutter kennen gelernt hatte, würde sie das Problem schon meistern.

Um mich zu informieren, fuhr ich heute einfach mal zur Uni nach Freiburg.

Zuerst schlenderte ich nur so durch die Gebäude, um dann in die Verwaltung zu gehen. Dort wurde ich dann auch bald fündig.

Die Auskunft ergab, dass auf jeden Fall die Bewerberin selbst vorstellig werden müsste. Das war mir natürlich vorher schon klar. Dann würde es um die deutschen Sprachkenntnisse gehen. Eventuell wäre zuerst ein Deutsch-Sprachkurs erforderlich. Dann die Frage des Studienplatzes. Das sah gar nicht so schlecht aus, weil für Auslands-Studenten ein gewisses Kontingent frei gehalten werde. Und da waren zur Zeit noch gar keine Bewerbungen eingegangen.

Damit hatte ich wenigstens schon mal eine Vorstellung, wie wir vorgehen müssten. Wie gesagt, erst wenn Shakira wirklich hier wäre. Somit hatte ich meinen Brief schon ganz richtig abgefasst.

Schon nach zwei Tagen klingelte mein Telefon. Shakira bestätigte den Erhalt meines Briefes, der so echt sei, dass man gar keine Zweifel haben konnte.

Genau so hatte auch ihre Mutter reagiert und ihn gleich ihrem Mann vorgelegt.

Der war aber gerade nicht so gut drauf und legte ihn, gleich nachdem er ihn gelesen hatte, erst mal beiseite.

Egal, das Thema musste eh erst bei ihm richtig angekommen sein. Morgen würde sie wieder davon anfangen und dann aber beständig dran bleiben.

Ich war gespannt, wie sich unser Plan weiter entwickeln würde.

Zwei Tage später meldete sich dann Emilia persönlich bei mir. Zuerst bedankte sie sich für den perfekten Brief, der auch bei ihrem Mann einen guten Eindruck hinterlassen hatte.

Inzwischen sei er sogar davon überzeugt, dass der Plan mit Shakira auf seinem Mist gewachsen sei. Solche genialen Gedanken könne doch nur er haben, hat er kürzlich einem Freund erzählt.

Genau da wollte ich ihn haben, erzählte mir Emira. Schon in 14 Tagen könnte Shakira nach Deutschland fliegen; mein Mann will höchst persönlich das Ticket für sie besorgen. Sicher bekommt er es irgendwo ein wenig billiger, dafür soll sie aber 1.Klasse fliegen.

Also zusammen gefasst, es läuft alles genau nach Plan. Aber wird es auch an der Uni alles glatt gehen?

Ich erzählte ihr daraufhin, dass ich inzwischen schon persönlich an der Uni gewesen sei. Die Aussichten auf einen Studienplatz seien im Moment noch sehr gut.

Allerdings müsste Shakira alle Abschluss-Zeugnisse vorlegen, insbesondere das Abitur-Zeugnis. Außerdem müssten alle Auslands-Studenten einen Nachweis erbringen, dass sie von zu Hause genügend Unterstützung bekommen, um in

Deutschland ohne Sozialhilfe leben zu können.

Elena versprach mir, dass sie das mit ihrem Mann besprechen würde. Aber da sei sie sehr zuversichtlich.

Wenn es sein Gedanke ist, sie zum Studium zu schicken, dann wird er auch nicht knauserig sein.

Aber, wo wird denn Shakira am Anfang wohnen, fragte Emilia besorgt zum Schluss.

Ganz einfach bei mir, denn ich habe ein Haus mit sechs Zimmern, wobei schon seit einiger Zeit die beiden Kinderzimmer ungenutzt sind, denn meine beiden Buben sind längst ausgeflogen.

Damit war sie dann zufrieden.

Gleich machte ich mich an die Arbeit, die beiden Kinderzimmer so weit leer zu machen, dass Shakira genügend Platz hatte, um ihre Sachen unter zu bringen.

18. SHAKIRA IN DEUTSCHLAND

Genau 14 Tage später trudelte Shakira in Deutschland ein. Ich holte sie natürlich vom Flughafen ab.

Da stand sie nun vor mir in voller Größe, jetzt wurde es ernst! Was bisher nur Planspiel gewesen war, wurde nun Realität.

Sie war ganz schick und modern gekleidet und hatte zwei mittlere Koffer dabei. Sicher war extra ihre Mutter mit ihr zum Einkaufen gewesen, denn die hatte Geschmack.

Wir fuhren nach Hause und weil das Wetter sehr schön war setzten wir uns auf die Terrasse und tranken Kaffee. Sie war erstaunt, wie sauber doch ein Junggesellen-Haushalt sein kann. Wenn ihr Vater ein paar Tage alleine war, sah es immer aus, als hätte eine Bombe eingeschlagen.

Na ja zugegeben, ich hatte natürlich auch extra aufgeräumt und geputzt, um einen guten Eindruck zu machen. Natürlich lockte unser lautes und ausgelassenes Gespräch die Nachbarn auf den Plan. Die Nachbarin wollte doch wissen, mit wem ich mich denn so ungezwungen unterhalte.

Ich beruhigte sie, es sei nur meine neue Untermieterin, die in Freiburg studieren wolle.

Zuerst ließ ich aber Shakira zu Hause anrufen, um zu sagen, dass sie gut angekommen sei.

Zufällig war ihr Vater am Telefon und konnte sich so selbst einen Eindruck verschaffen, wie gut doch sein Plan geklappt hatte. Er war also immer noch überzeugt ,dass es sein Plan sei.

Gut so!

Dann zeigte ich ihr die beiden Kinderzimmer, sie dürfe sich eines aussuchen oder aber auch beide belegen. Sie nahm das größere Zimmer; hier hatte ich schon vor einiger Zeit einen Telefon-Anschluss installiert, so dass sie Telefon und Internet anschließen könnte. Außerdem könnte sie auch das obere Bad nutzen, Ich behielt mir lediglich vor hier auch duschen zu dürfen, weil ich unten nur eine Wanne hatte. Damit war sie einverstanden.

Danach machten wir uns unseren Schlachtplan für die nächsten Tage. Morgen würden wir zuerst in die Uni nach Freiburg fahren, ich wollte keinen Tag verbummeln. Es könnte ja sein, wir müssten noch irgend welche Unterlagen besorgen.

19. REAKTION MEINER KINDER

Natürlich meldete ich mich nach der Rückkehr auch bei meinen beiden Buben wieder zurück. Auf die Frage, wie es mir gefallen hatte, erzählte ich beiden die Geschichte, die ich erlebt hatte.

Beide reagierten sie gleich. Nicht ablehnend, aber neugierig. Sie wollten Shakira beide unbedingt kennen lernen. Ein Besuch bei mir war eh schon lange überfällig, nun bot sich dazu eine gute Gelegenheit.

Sicher wollten sie beide auch prüfen, ob ich ihnen die ganze Wahrheit erzähle oder ob ich nicht etwa nur eine neue Liebe an Land gezogen hätte.

Nicht, dass sie mir das nicht gönnten, aber sie wollten auf jeden Fall verhindern, dass ich auf irgend eine Heiratsschwindlerin herein fallen könnte.

Ich erzählte das Shakira und sie war belustigt.

Ich finde, dass Deine beiden Söhne sich sehr um Dich kümmern und sorgen.

Das ist doch gut so!

Ein paar Tage später stand Eric auch schon da. Er hätte gerade ein Treffen mit seinen ehemaligen Klassenkameraden ausgemacht. Natürlich gab es eine ausgiebige Diskussions-Runde am Abend. Zuerst wollte er wissen woher Shakira stammt. Dann kamen wir auf ihr Vorhaben zu sprechen. Natürlich fand er es mutig, einfach zu Hause auszubrechen und selbst etwas anzufangen. Als er dann hörte, dass sie auch BWL studieren wolle, war er in seinem Element und gab ihr eine Menge guter Ratschläge, sowohl zum Studium, wie auch zu ihrer späteren Arbeit. Denn dann könnte sie auch in die freie Wirtschaft gehen und viel Geld verdienen. Aber das war ja eigentlich gar nicht ihr Ziel. Im Grunde wollte sie doch nur im eigenen Betrieb arbeiten und helfen. Aber der Satz mit der freien Wirtschaft hatte doch auf sie Eindruck gemacht. Damit könnte sie eventuell gegenüber ihrem Vater gute Karten haben, wenn er wieder kommen sollte, um sie zu verheiraten.

Jedenfalls führten beide jeden Tag ihre Diskussionen miteinander und ich merkte, dass es Shakira ausgesprochen gut tat. Deshalb ließ ich sie dabei auch gerne alleine. Am Montag musste Eric wieder fahren, denn er hatte nur 3 Tage Urlaub genommen.

Aber wir waren nicht lange alleine, denn für das nächste Wochenende hatte sich mein älterer Sohn Konstantin zu Besuch angemeldet.

Er begrüßte uns beide mit Umarmung und Küsschen, auch mit Shakira, wie er es immer tat. So als würde er sie schon ewig kennen. So war er eben, ging auf alle Menschen zu. Aber damit kam er bei Shakira ganz gut an, auch sie verstanden sich beide prächtig.

Am ersten Abend dann wieder, wie mit Eric vor ein paar Tagen, eine ellenlange Diskussion bis weit über Mitternacht.

Das Ergebnis war das gleiche wie mit Eric, sie solle nur beharrlich auf ihrem Weg weiter gehen. Er bewunderte dabei hauptsächlich den Mut, einfach gegen ihren Vater sich selbstständig zu machen.

Da warf Shakira ein, dass sie es ohne meine Hilfe aber nie alleine geschafft hätte. Deshalb wäre sie mir dafür ganz besonders dankbar.

Aber, weil das Schicksal ihr nun diesen Weg aufgezeigt hätte, wolle sie ihn auch beständig weiter gehen. Schließlich hätte sie inzwischen ja auch ihre Mutter hinter sich. Und das gäbe ihr einen guten Rückhalt.

Damit war auch diese Diskussion zu Ende. Alle meine Befürchtungen hatten sich zerschlagen und Shakira war um eine Menge guter Ratschläge reicher.

Jetzt war sie wirklich bereit, an die Uni zu gehen, um sich einzuschreiben.

20. EINSCHREIBUNG

Nachdem wir alle Papiere sortiert hatte konnten wir am nächsten Tag tatsächlich schon in die Uni fahren. Shakira war begeistert von dem Leben und Treiben in der Uni.

Das war gut, denn ich hatte schon befürchtet, dass sie ängstlich sein könnte. So aber traute ich ihr zu, dass sie bald alleine hier unterwegs sein könnte.

Wir gingen ins Sekretariat, um die Einschreibungs-Unterlagen auszufüllen. Nur gut, dass ich so gedrängt hatte, denn am 17.04 lief die Bewerbungsfrist schon ab. Im Prinzip hätte ich mit ihrer Vollmacht auch die Einschreibung vornehmen können. Aber sicher hätte ich dann immer wieder nachfragen müssen.

Sie schrieb sich ein für Betriebswirtschaft – kurz BWL genannt. Das Studium war angesetzt mit 6 Semester und als Abschluss nannte man sich Bachelor, früher war das ein Diplom.

Ihr wurde tatsächlich empfohlen, doch zuerst einen Deutsch-Kurs zu absolvieren. Aber kein Problem, denn der ginge gerade jetzt los und dauere nur 4 Wochen, so dass sie vor Semesterbeginn damit fertig sei. Ihre Unterlagen waren komplett und gut geordnet, so dass sie dafür gleich ein Lob bekam.

Das tat ihr gut!

Am Abend rief sie dann wieder zu Hause an. Ihre Mutter wollte natürlich ganz genau wissen, wie es geklappt hatte. Als sie hörte, dass Shakira bereits angemeldet sei war sie beruhigt. Das würde sie sofort ihrem Mann Mustafa erzählen, der habe heute Abend noch seine Männerrunde. Da würde er sicher mit seiner Tochter prahlen. Das würde dann Emilia spätestens morgen von Kira, der Frau seines Freundes Marik, per Telefon erfahren.

Genau so war es gelaufen, erzählte uns am nächsten Tag Emilia. Ihr Mann hatte alle Pläne betreffend seiner Tochter als seine im Freundeskreis verkauft. Zu seinem Freund Khaled, dem er scheinbar schon seine Tochter quasi versprochen hatte sagte er nur, dass er sich nun noch eine Weile gedulden müsse.

Damit war auch diese Gefahr vorerst gebannt. Mit dem Studium hatte sie sich nun Luft verschafft.

Und was danach werden würde, stand noch in den Sternen!!!

21. SHAKIRAS NEUER LEBENSRAUM

Die nächste Zeit nutzten wir, indem ich Shakira die neue Heimat zeigte. Wir fuhren kreuz und quer durch den Schwarzwald.

Ich erklärte ihr, dass der eine Ausdehnung hat von 150 x 50 Kilometer. Er wird unterteilt in vier Bereiche:

1.*Nordschwarzwald*, der vorwiegend bewaldet ist, seine höchste Erhebung ist die Hornisgrinde mit immerhin 1163 m.

2.*Mittlerer Schwarzwald* mit den vorwiegend landwirtschaftlich geprägten Tälern.

3.*Südlicher Schwarzwald*, der deutlich höher ist mit ausgeprägter Höhenlandwirtschaft. Höchste Berge sind der Feldberg mit 1415 m und Bellchen mit 1414 m.

4.*Hochschwarzwald* wird der höchste südlichste Teil genannt.

Am interessantesten finde ich den Mittleren Schwarzwald mit den vielen kleinen romantischen Dörfern.

Schon die Alemannen besiedelten die Wasser führenden Täler. Bereits im 6. bis 5.Jahrhundert haben die Kelten im Nordschwarzwald Eisenerz abgebaut. Später kam die Förderung von Zink Blei, Silber und Baryt hinzu. Erst Ende des 10. Jahrhunderts gab es die erste Besiedelungen im Gebiet des Buntsandsteins.

Auch findet man noch viele alte Fachwerkhäuser. Aber die kann man am besten im Freilicht-Museum in Gutach besichtigen.

Wir brauchten einen ganzen Tag, um alle Gebäude gründlich zu besichtigen. Shakira war davon stark beeindruckt.

Auch die handwerkliche Seite kann man heute noch besichtigen. Da gab es die Flößerei von Holz für den Schiffsbau und als Bauholz ein wichtiger Einkommenszweig. Heute gibt es in manchen Orten immer noch Flößer-Wettbewerbe.

Auch sehenswert sind die alten Mühlen, von denen es früher über 1.400 gab, die besonders zum Korn mahlen, zum Holz sägen und zur Energie-Gewinnung gab. Heute gibt es noch etwa 300, von denen einige noch in Betrieb sind und als Museum dienen.

Natürlich fuhren wir auch an den Bodensee. Das Wetter war so schön, dass wir sogar ins Strandbad in Konstanz gingen, nachdem wir die Stadt und das Konzil besichtigt hatten.
Die Pfahlbauten, wie wir sie in Unteruhldingen besichtigen konnten, hatte sie noch nie gesehen.
Dann wollte ich ihr auch einige bedeutende Städte Süddeutschlands zeigen.
Zuerst fuhren wir nochmals nach **Freiburg**, parkten etwas außerhalb und machten einen ausgiebigen Stadtbummel mit Besteigung des Freiburger Münsters. Da hat man einen sehr guten Überblick über die ganze Stadt. Gewöhnungsbedürftig natürlich die kleinen Kanäle in den Altstadt-Straßen, die schon manchem zum Verhängnis geworden sind.

Vielleicht wird das Deine neue Heimat, sagte ich zu ihr – und sie schmunzelte nur nachdenklich.

Auf dem Weg nach Stuttgart machten wir zuerst einen kurzen Halt in Tübingen. Nach einem Bummel durch die Universitätsstadt machten wir noch eine Bootsfahrt auf dem Neckar zur Entspannung.

Tübingen ist sozusagen das Gegenstück zu Freiburg; hier gibt es ebenfalls sehr viele Studenten.

Weiter ging es nach **Stuttgart**. Natürlich kann man eine so große Stadt ohnehin nicht an einem Tag besichtigen. Deshalb konzentrierte ich mich auf einen Stadtbummel durch die Altstadt, den Schlossplatz vorbei am Landtags-Gebäude, dann Kaffee trinken auf der Königsstraße, wo man den ganzen Tag Menschen aller Rassen beobachten kann. Auch hier war Shakira beeindruckt, glaubte sie bisher doch, dass nur in Ägypten so viele Menschen auf der Straße sind.

Dann besuchten wir **Karlsruhe** und **Pforzheim**. Pforzheim war für sie als Frau natürlich besonders interessant. Vor jedem
Schmuckladen blieb sie stehen.

Aber am besten hat ihr **Heidelberg** gefallen mit dem alten Schloss.

Komisch, das geht wohl allen Ausländern
gleich. Ich kann der Stadt aber nicht mehr
abgewinnen, als Tübingen oder Freiburg
zum Beispiel.

Damit hatte sie ein wenig Übersicht bekommen, zumindest über Süddeutschland. Gelegentlich würden wir auch in den
Norden fahren, aber das hatte noch Zeit.

Jeden Tag telefonierte Shakira nach Hause, das war auch gut so, denn ihre Eltern
sollten auf keinen Fall den Eindruck gewinnen, dass sie sich hier nicht wohl fühlt.
Leider aber löste das bei ihrem Vater ein
wenig Misstrauen aus. Er meinte eines
Tages, dass er den Eindruck hätte, dass sie
scheinbar gerne von zu Hause weggegan-
gen sei. Ihre Mutter beruhigte ihn: „Das
ist doch ganz natürlich. Ein Kind, dass in

dem Alter am Elternhaus klebt, ist doch abnormal!"

Da war er wieder beruhigt.

Diese Zeit war für uns beide sehr entspannt. Sie hatte sich bei mir gut eingelebt und wir unternahmen täglich nur das, was uns Spaß machte. Klar war uns, dass auch diese Zeit bald zu Ende ging.

Bevor aber der Ernst des Lebens beginnen sollte, wollte sie noch einmal nach Hause fliegen. Das war ja verständlich. Außerdem war noch ein kleines Detail mit ihrem Vater zu klären. Bisher hatte Shakira quasi auf meine Kosten gelebt. Das war für mich zwar kein Problem, aber sie wollte das auf die Dauer nicht.

Da hatte aber Emilia, ihre Mutter, schon ganze Arbeit geleistet. Denn sie hatte Shakira am Telefon schon erzählt, dass sie mit ihrem Mann mehrfach gesprochen hatte. Letztlich hatte er gemeint, dass seine Tochter nicht auf Kosten der Freundin leben könne. Er wolle sich das Problem mal durch den Kopf gehen lassen.

Am 14. Oktober war dann Studienbeginn. Aber schon 4 Wochen vorher musste Shakira wieder da sein, denn da gab es viele Veranstaltungen zur Einführung. Sie dienen dazu, in erste Linie sich untereinander anzufreunden, aber auch durch Stadtführungen die Stadt kennen zu lernen.

Für hart gesottene gibt es dann noch die sogenannte „Kneipen-Rallye". Da fließt dann das Bier literweise.

Online konnte man an einer Erstsemester-Befragung teilnehmen. Als Dank gab es eine bunte Erstsemester-Tasche kostenlos. Man wurde daran zwar sofort als Anfänger erkannt, aber vielleicht hatte das aber auch den Vorteil, dass einem mancher Patzer verziehen wurde. Ich überließ es Shakira, ob sie daran teilnehmen mochte.

Nach 14 Tagen war Shakira schon wieder da. Wir hatten einen wunderschönen Herbst und den genossen wir beide noch in aller Ruhe. Ich merkte, dass Shakira nun tatsächlich schon einen richtigen Abstand

zum Elternhaus aufgebaut hatte. Jedenfalls konnte sie so wenigstens kein Heim-
weh bekommen.

Die finanzielle Frage hatte sich ihr Vater
tatsächlich gründlich durch den Kopf gehen lassen. Er hatte sich dazu durch ge-
rungen, ihr jeden Monat 1.000 € zu über-
weisen! Das war sehr viel, dabei könnte
sie sogar noch Geld sparen. Aber da wollte ich ihr keineswegs hinein reden, denn
andere Menschen haben andere Mentali-
täten. Auch übergab mir Shakira im Auftrag ihrer Eltern die Summe von 1.000 €
als Entschädigung für die Zeit, die sie auf
Kosten „ihrer Freundin" gelebt hatte.

Zuerst wollte ich das Geld nicht nehmen,
beschloss dann aber einen Fond einzu-
richten auf einem alten unbenutzten
Sparbuch für den Fall, dass wir Sonder-
ausgaben hätten. Damit war sie einverstanden.

Da gab es auch schon eine erste Sonder-
ausgabe. Sie benötigte nämlich unbedingt
einen PC, denn viele Dinge liefen heute

nun mal nur noch übers Internet. Wie z.B. die Studienpläne und alle Veranstaltungen.

Natürlich brauchte sie vom ersten Tag an auch schon den PC zum Studium. Ein Laptop war für sie am bequemsten, weil sie ihn jeden Tag mitnehmen konnte. Ja, sogar im Zug konnte sie ins Internet gehen, wenn sie etwas vergessen hatte.

Die Kosten hielten sich aber in Grenzen, denn das Gerät, das ihr am besten gefiel kostete 449,00 € und ihr Vater hatte ihr dafür extra nochmals 500 € mitgegeben. Also brauchten wir unseren Fond noch gar nicht angreifen.

22. DAS STUDIUM

Am 15. September begannen dann tatsächlich die ersten Einführungs-Veranstaltungen. Sie bekam einen provisorischen Studienausweis, der in den nächsten Wochen gegen eine Scheckkarte ausgetauscht wurde, mit der sie dann überall Zugang hatte.

Am ersten Tag fuhr ich sie mit dem Auto hin. Dann kaufte sie sich aber gleich eine Monatskarte, um jeden Tag mit dem Zug zu fahren. Die war für Studenten natürlich auch ermäßigt, worüber sie sich sehr wunderte. Sie wurde also von Tag zu Tag selbstständiger, das fand ich gut.

Shakira war sehr fleißig, machte alle Arbeiten sehr gründlich und pünktlich, wofür sie bald ihr erstes Lob erhielt. Das machte sie noch stolzer. Manche Mitstudenten hielten sie auch so schon für stolz, was aber eigentlich gar nicht stimmte. Aber sie ging nicht gleich auf jeden zu, sondern sie sah sich ihre Mitmenschen vorher genau an. Wer ihr nicht zusagte, oder ein rechter Schwätzer war, konnte bei ihr nicht landen. Das brachte natürlich manche jungen Männer recht auf die Palme. Besonders, wenn ich auftauchte und sie kein Hehl daraus machte, dass sie mich mochte. Da fiel sie mir glatt vor deren Augen um den Hals. Das war mir anfangs zwar recht peinlich, aber mit der Zeit sah ich es als normal an und es machte mich richtig stolz!

Schließlich hatten wir ja nichts zu verbergen.

Einige Mitstudenten hatte sie eingeweiht und die empfanden es alle als völlig normal.

Ich fand es sehr gut, dass sie ein wenig reserviert war. Denn genau da hatte ich vorher meine Bedenken gehabt, dass sie auf irgend welche Rattenfänger herein fallen könnte.

Schließlich hatte ich ihren Eltern gegenüber doch eine gewisse Verantwortung für sie übernommen.

23. EMILIA ZU BESUCH

Bereits 6 Wochen nach Studienbeginn meldete sich Emilia an, um uns ihren ersten Besuch abzustatten. Ich war ja gespannt, ob sie hier alles o.k. findet. Und schon eine Woche später war sie da.

Ich bot ihr an, auch bei uns zu wohnen, denn das zweite Kinderzimmer war ja noch frei und dann gab es ja noch die Einliegerwohnung. Aber sie wollte dafür gerne bezahlen. Darauf antwortete ich, dass sie mein Gast sei und Gäste zahlen nicht! Außerdem hätten wir ja noch unseren Fond, sozusagen für den Notfall.

Und ich erzählte ihr, dass ich das Geld, was Ihr Mann für mich gedacht hatte auf ein Sparbuch gebracht hatten.

„Das finde ich toll!"

Und darauf nahm sie mein Angebot an und so waren wir von Anfang an fast wie eine Familie mit gemeinsamem Frühstück. Natürlich ging sie am nächsten Tag mit Shakira in die Uni und blieb auch den ganzen Tag dort. Sogar in eine Vorlesung ging sie mit.

Natürlich hatte ich sie heute auch hin gefahren, hielt mich aber sehr zurück, denn ich wollte sie ganz alleine agieren lassen. Ich war aber da, falls sie mich brauchten.

Zum Mittag gingen wir gemeinsam essen und sie war voller Lob, wie prima hier alles lief.

Als wir am Abend gemütlich bei einem Glas Wein saßen – ja, Shakira trank zum ersten Mal einen Schluck mit – fasste Emilia den Tag noch einmal zusammen.

Ich bin ganz erstaunt, wie gut alles hier klappt, auch ohne meine Mitwirkung. Mütter glauben doch immer, dass ohne sie nichts funktioniert. Nun kann ich ganz beruhigt wieder nach Hause fahren und Euch hier alleine agieren lassen.

Das war ein gutes Schlusswort und wir gingen alle zufrieden ins Bett.

Am nächsten Morgen frühstückten wir wieder zusammen und dann machte sich Shakira alleine auf den Weg in die Uni.

Wir beiden Alten blieben zurück. Da meinte Emilia, dass Shakira so von unserem Land geschwärmt hatte. Ob ich ihr nicht auch etwas zeigen könne.

Natürlich gerne, was möchten Sie denn sehen?

Alles!

Also gut, dann fangen wir gleich an mit dem Bauernhaus- Freilichtmuseum in Gutach. Da bekommt man den besten Eindruck, wie man hier früher gelebt hat. Denn alle Ausländer glauben doch, dass wir schon immer einen hohen Lebensstandart hatten. Nein, den haben wir uns ganz sauer erarbeitet.

Den ganzen Tag verbrachten wir dort. Bis zum Mittag hatten wir gerade mal die Hälfte gesehen. Nach einem ausgiebigen Mittagsmahl im Restaurant besuchten wir am Nachmittag die restlichen Gebäude. Damit hatte sie einen guten Einblick bekommen in die Geschichte des Schwarzwaldes. Dabei kamen wir unwillkürlich auch auf Sie und ihre Familie zu sprechen.

Ich merkte, dass sie ein gutes Einfühlungsvermögen besaß. Stammte sie doch eigentlich auch aus einfachen Verhältnissen. Beim Abendbrot kamen wir dann ins Gespräch:

Ja, so gut wie jetzt ist es mir nicht immer gegangen, meinte sie. Meine Eltern waren einfache Leute.

Mein Vater hatte in Deutschland Arbeit gesucht und nicht nur Arbeit, sondern auch eine nette Frau gefunden. Später zog es ihn aber dann wieder in seine alte Heimat zurück und meine Mutter musste mitgehen.

Mit dem Ersparten konnten sie einen kleinen Laden in Luxor eröffnen und seit dem ging es ihnen gut. Ich war ihr einziges Kind und wurde natürlich vergöttert, obwohl Mädchen bei uns nicht zählen. Aber da war meine Mutter als Deutsche eben anders – Gott sei Dank!

Als ich ins heiratsfähige Alter kam, hatte ich viel Verehrer, das gebe ich zu. Aber das bedeutete natürlich nichts. Denn bei uns ging man nicht gleich mit jedem Mann ins Bett, sondern es war Sitte als Jungfrau in die Ehe zu gehen. Jedenfalls war es bei mir so.

Ich hatte trotz unserer knappen Kasse studieren dürfen. Denn meine Mutter meinte, dass jeder Mensch für sich selbst sorgen lernen muss. Ich hatte Gefallen gefunden in der Ägyptischen Archäologie. Fand nach dem Studium auch gleich eine gute Arbeitsstelle beim Staatlichen Museum in Kairo.

Dann lernte ich meinen jetzigen Mann kennen und ich glaubte, es sei der Richtige. Er war fleißig, aufmerksam und treu. Er hatte von seinem Vater ein Hotel geerbt, das er mit Erfolg führte.

Nachdem wir uns zwei Jahre kannten, hielt er bei meinen Eltern um meine Hand an. Gerne willigten meine Eltern ein, denn ich sollte es mal besser haben als sie.

Wir heirateten und bekamen nach einem Jahr Nachwuchs, den Sie ja nun zur Genüge kennen gelernt haben.

Mein Mann baute den Laden meines Vaters weiter aus und benutzte ihn, um seine Hotels mit frischem Obst und Gemüse zu beliefern. Inzwischen besaß er schon 3 Hotels. Das gefiel meinem Vater.

So langsam wurde mein Mann von der Konkurrenz akzeptiert und in den Club der „Neureichen" aufgenommen.

Ab da durfte ich nicht mehr arbeiten.

Ich musste meine Arbeit im Museum aufgeben und führte meinen kleinen Haushalt selbst.

Aber nach Meinung meines Mannes war auch das nicht standesgemäß. Eine reiche Frau müsse Bedienstete haben. Und so kam ich zu dem jetzigen Wohlstand!

Und wie ist Ihr Leben verlaufen, wollte sie nun von mir wissen. Das hatte ich natürlich erwartet, wollte ihr aber auch nichts vorenthalten.

Und so fing ich an:

Nach dem zweiten Weltkrieg sah es bei uns sehr schlecht aus. Alles zerstört und am Boden. Jeder musste mit anfassen. Ich erlernte nach der Schule den Tischler-Beruf und zwar als Bau- und Möbelschreiner. Denn in Deutschland gibt es ein Sprichwort, das heißt **Handwerk hat goldenen Boden.**

Das war auch so richtig. Doch bald nach der 3-jährigen Lehre fühlte ich mich nicht mehr ausgelastet und ich beschloss Architektur zu studieren.

Ich fand eine gute Arbeitsstelle in einem großen Industriebetrieb in einer interessanten Abteilung. Ich hätte mich auch selbstständig machen können. Fand aber mein Arbeitsverhältnis so interessant, dass ich davon Abstand nahm.

Ich entwickelte einige Patente, denn ein Wassermann ist immer und überall darauf bedacht etwas zu verbessern. Und zu verbessern gibt es fast immer etwas. Dafür bekam ich natürlich sehr unterschiedliche Vergütungen. Für manche bekomme ich heute noch Geld- je nach dem, wie es in die Praxis Einführung gefunden hat. Dadurch habe ich eine viel bessere Rente. Mit 65 Jahren ging ich in Rente. Und ab da begann ein neues Leben. Wir hatten Zeit, viel zu reisen und fremde Länder zu erkunden.

Vor zwei Jahren starb überraschend meine Frau und ich war plötzlich alleine. Bis dahin hatten wir vieles gemeinsam getan und nun stand ich alleine da.

Ich war allerdings nicht unselbstständig, denn auch während der Ehe hatte ich viele Dinge des täglichen Lebens übernommen. Aber ich brauchte einige Zeit, um mich wieder richtig zurecht zu finden.

Eines Tages wachte ich morgens auf und fand, dass es so nicht weiter gehen durfte.

Aber wie?

Ich beschloss spontan zum Flughafen zu fahren und irgend eine Reise zu buchen. Ich stolperte über ein Angebot nach Luxor für 14 Tage. Das begeisterte mich sofort. So landete ich in Eurem Hotel.

Dort lernte ich den Ingenieur Burghard kennen, der bei der Versetzung des Abu Simbel Tempels als Bauleiter fungiert hatte. Er nahm mich mit, um das Bauwerk ausführlich kennen zu lernen.

Damit verging meine erste Woche.

Dann war ich jeden Tag unterwegs, besuchte ausgiebig eure Tempel in Luxor und Karnak und hatte dabei mehrmals eine eigenartige Erscheinung: ich hatte das Gefühl, dass mich jemand — wie mit einem Laser - anstrahlt. Da ich nicht abergläubisch bin musste es dafür ja eine Erklärung geben. Ich fand aber keine. Erst als Ihr mich am Flughafen von Luxor verabschiedet habe merkte ich, dass Shakira einen sehr auffälligen Ring trug.

Im Garten lernte ich dann Ihre Tochter kennen, die sich hilfesuchend an mich wandte.

Zuerst mit der Bitte, ihr doch Deutsch bei zu bringen. Bald bat ich Ihre Tochter, Sie doch mit einzubinden, denn die Mission wurde mir alleine zu heikel.

So, nun kennen auch Sie meine ganze Geschichte.

Inzwischen war es schon nach 22.00 Uhr. Und wir waren wieder bei einem Glas Wein gelandet. Ich merkte, dass Emilia auch in gemütlicher Runde gerne ein Gläschen Rotwein trank.

In dem Moment klingelte es und Shakira stand vor der Tür. Sie hatte heute Morgen ihren Hausschlüssel vergessen. Nach dem Unterricht war sie noch am Abend zu einem Vortrag geblieben, deshalb kam sie erst jetzt.

Ihr habt ja beide ein ganz rotes Gesicht, empfing uns Shakira.

Was habt Ihr getan?

Wir haben uns gerade gegenseitig unsere Lebensgeschichten erzählt und das war soooooo wahnsinnig aufregend.

Da musste Shakira herzlich lachen. Ich finde es prima, dass Ihr Euch so gut versteht.

24. ERSTE DEUTSCHLAND - TOUR

Nun wollte aber auch Emilia gerne Deutschland ein wenig kennen lernen.

Schon am nächsten Tag fuhr ich mit Emilia nach Pforzheim. Ich hatte ja bei Shakira schon gesehen, dass Frauen auf Schmuck ganz besonders ansprechen.

Und tatsächlich blieb sie auch an jedem Schaufenster stehen. Bis sie etwas gefunden hatte, dass sie besonders interessierte. Tatsächlich kaufte sie zwei goldene Kettchen mit Anhänger, eine für Shakira und eine für sich selbst. Dann sollte ich mir etwas wünschen, aber ich lehnte entschieden ab!

Als wir wieder ins Auto stiegen musste ich die Augen schließen und sie band mir eine neue Uhr um, die sie heimlich gekauft hatte. Dafür bekam sie von mir einen flüchtigen Kuss auf die Stirn. Jetzt hätte uns Shakira nicht sehen dürfen, denn bei uns beiden löste das einen hoch roten Kopf aus.

Entspannt fuhren wir nach Hause und sie berichtete Shakira von dem tollen Tag — natürlich verschwieg sie den Kuss!

Am nächsten Tag fuhr ich mit Emilia an den Bodensee. Wir machten zuerst eine Schiffs-Fahrt von Friedrichshafen nach Romanshorn in der Schweiz.

Aber nach einem kurzen Bummel fuhren wir wieder zurück, denn ich wollte ihr ja auch die Pfahlbauten in Unteruhldingen und die barocke Kirche in Birnau zeigen, die unmittelbar oberhalb steht. Die Pfahlbauten beeindruckten sie genau so wie Shakira. Aber von der barocken Wallfahrtskirche, die Maria geweiht ist, war sie geradezu überwältigt. Sie fragte mich, wie alt denn diese Kirche sei und ich erzählte ihr in wenigen Sätzen die Geschichte der Kirche:

Sie wurde erbaut von dem berühmten Vorarlberger Baumeister Peter Thumb für die Reichsabtei in Salem. Salem ist ein Kloster hier ganz in der Nähe. Altäre und Skulpturen sind vom berühmten Joseph

Anton Feuchtmayer. Am bekanntesten ist ein Putto, der Honigschlecker mit Bienenkorb, vor dem sie ganz lange stehen blieb. Dann war es inzwischen auch schon wieder Zeit nach Hause zu fahren, denn Shakira wollte heute früher zu Hause sein.

So vergingen mit Ausflügen und Erzählungen zwei Wochen wie im Flug. Und Emilia meinte, dass sie nun meine Gastfreundschaft zur Genüge strapaziert hätte. Das fand ich zwar nun wieder gar nicht.

Dagegen hatte ich aber Bedenken, ob nicht ihr Mann misstrauisch werden könnte. Aber da beruhigte sie mich. Er ist auch oft unterwegs und sagt nicht immer, was er tut. Allerdings erfahre ich es dann aber hinterher sehr schnell von meiner Freundin Kira, die aus ihrem Mann alles heraus bekommt.

Nun gut, das sollte nicht mein Problem sein.

Bevor Emilia wieder abreiste, lud sie mich zu einem Gegenbesuch ein. Doch wie wollte sie mich ihrem Mann vorstellen?

Das hätte sie sich auch schon überlegt, meinte sie. Ich sei einfach der Vater von ihrer Freundin Seline, die gerade nicht reisen könne, weil sie eine kleine Operation über sich ergehen lassen müsse. Und bei ihr sei Shakira und nun auch sie die ganze Zeit kostenlos Gast gewesen.

Das würde er genau, wie alle anderen Geschichten schon schlucken.

Ich nahm die Gegeneinladung dankend an und versprach in den nächsten Ferien mit Shakira mit zu kommen.

Dann erklärte sie uns, dass ihre Mission hier nun zu Ende sei und sie wieder nach Haue fliegen würde. Eigentlich hatte sie ja noch vor gehabt, nach der Heimat ihrer Mutter zu schauen. Aber die hatte in einem kleinen Ort bei Dortmund gewohnt und dort gäbe es jetzt keine Verwandtschaft mehr. Dort könne sie ja gelegentlich mal vorbei schauen.

Shakira nahm sich einen Tag frei und wir brachten ihre Mutter gemeinsam zum Flughafen. Die Verabschiedung zwischen

Mutter und Tochter war sehr innig, als wenn sie sich ewig nicht mehr sehen würden.

Aber auch mich umarmte Emilia und gab mir sogar einen flüchtigen Kuss auf die Wange, was ich natürlich erwiderte.

Dann flog sie fröhlich und zufrieden wieder ab Richtung Luxor.

25. SEMESTERFERIEN

Bald schon gab es Semesterferien. Es war gerade das 3.Semester vorbei. Klar, dass Shakira da nach Hause fliegen würde. Und klar war auch, dass ich mit fliegen sollte. Dazu kamen prompt zwei Tickets per Post bei uns an. Die hatte ihr Vater wieder besorgt.

Da es bei uns gerade Winter war, fand ich es gar nicht schlecht, ein paar Tage in den Sommer zu fliegen, denn in Luxor war es zu der Jahreszeit fast so warm wie bei uns im Sommer. Ich musste natürlich kostenlos in ihrem Hotel Exzelsior wohnen.

Das Personal begrüßte mich wie einen alten Bekannten. Keiner hatte wohl tatsächlich etwas mitbekommen von unserem gemeinsamen Geheimnis.

Leider wurde aber der Urlaub getrübt durch ein unerwartetes Ereignis. Als wir ankamen war ihr Vater Mustafa gerade in eine Klinik eingeliefert worden mit Verdacht auf einen Herzinfarkt. Das war natürlich gar nicht erfreulich. Als es ihm wieder etwas besser ging, besuchten wir ihn. Emilia hatte ihm aber schon von mir erzählt und so begrüßte er mich wie einen alten Freund und klopfte mir zum Dank auf die Schulter.

Ich war also akzeptiert.

Zum ersten Mal hatte ich den Eindruck, dass es mir langweilig wurde, denn ich hatte ein Problem.

Mit Shakira durfte ich nichts unternehmen, sonst hätte es gleich ein Gerede gegeben.

Zu Emilia konnte ich auch nur gelegentlich gehen, um einen Anstands-Besuch zu machen. Also musste ich mich alleine beschäftigen. Das war im Prinzip kein Problem, aber es gab für mich hier fast nichts mehr, was ich noch nicht kannte.

Na gut, ich mietete mir ein Fahrrad und fuhr auf der Westseite durch die Dörfer. Dies war wohl früher alles mal Luxor gewesen? Davon zeugten hier und da nur noch klägliche Reste. Aber es war trotzdem interessant.

So gierig nach dem Geld der Touristen, wie sonst die Ägypter sind, so freundlich empfingen sie mich jetzt. Freilich lag das auch an der Gelaba, die ich wieder trug. Auf jeden Fall hatte ich keine Probleme mit den Einheimischen ins Gespräch zu kommen. Nur wenn keiner Englisch sprach, wurde es schwierig.

Als ich Emilia wieder traf fragte sie mich, ob ich mich langweile. Da erzählte ich ihr, was ich alles unternommen hatte. Und sie war ganz erstaunt.

Eigentlich hatte sie vor gehabt, mir einen Fahrer zur Verfügung zu stellen, der mich überall hin fahren sollte. Aber durch die Krankheit ihres Mannes, war sie ganz aus dem Konzept geraten. So kannte ich sie gar nicht.

Jeden Zweiten Tag fuhren wir ins Krankenhaus, aber Vater Mustafa ging es immer noch nicht viel besser.

Er behauptete zwar, dass er längst nach Hause dürfte, aber die Ärzte waren da ganz anderer Meinung. Außerdem war klar, dass er hinterher mindestens für 3 Wochen in eine REHA-Klinik müsste, um wieder richtig fit zu werden.

Leider fürchtete ich, dass er dafür gar nicht die Ausdauer hatte, um das durchzustehen. Denn er war ein Mann, für den es kein Schlappmachen gab. Er glaubte immer noch so fit zu sein, wie ein 20-jähriger. Außerdem war er in letzter Zeit viel zu dick geworden, so dass ihm auch die Körperfülle noch zusätzlich zu schaffen machte.

Bald waren die 14 Tage Urlaub auch schon wieder um und es wurde Zeit abzureisen.

Mustafa vergewisserte sich aber vorher noch bei mir, ob seine Tochter sich auch anständig verhalte und pünktlich ihre Miete zahle. Ich musste ihm versprechen, dass ich nach ihr schaue, damit sie nicht auf die schiefe Bahn gerät.

Damit war ich nun von ihm offiziell beauftragt, die Vaterstelle einzunehmen.

Das beruhigte mich. Ich konnte nun auch in der Öffentlichkeit etwas anders auftreten, ohne Anstoß zu erregen. Denn solche Anordnungen drangen sofort von oben bis nach ganz unten durch. Damit das auch wirklich klappte, half Emilia gelegentlich noch etwas nach, indem sie bewusst vor dem Personal solche Dinge besprach. Die Reaktion konnte ich sofort spüren.

Emilia war eben ein guter Diplomat, das musste ich immer wieder neidvoll feststellen, das Geschick hatte meine Frau nicht besessen.

26. AUSDAUER

Um das ganze Studium wirklich in einem Zug durch zuziehen, bedurfte es schon einer gewissen Ausdauer. Aber die hatte Shakira in der Regel. Und wenn es ihr mal nicht so gut ging, nahm ich sie in den Arm und tröstete sie. Dann war wieder alles gut.

Schnell waren die ersten beiden Jahre vergangen. Nach 4 Semestern konnte man schon sagen, man hat das Vordiplom in der Tasche.

Shakira hatte aber auch schon viel gelernt, denn gelegentlich musste ich sie abfragen und dabei merkte ich deutlich den Unterschied.

Ob sie aber noch ihrem Vater viel helfen könnte wurde immer zweifelhafter, denn es ging ihm von Jahr zu Jahr immer schlechter. Außerdem wurde er sehr wunderlich und nörgelte an allem herum. Seinen Geschäften konnte er auch nur noch unregelmäßig nachgehen. Dafür musste Emilia einspringen. Sie zog aber alles ganz anders auf, indem sie nur den Manager spielte und die Arbeit von anderen machen ließ.

Das hatte den Vorteil, dass sie sich Freiräume verschaffte und den Überblick behielt.

Sie fand sogar die Zeit, um nochmals uns zu besuchen. Aber ich merkte, dass sie sich verändert hatte. Die enorme Verantwortung hatte ihr die Fröhlichkeit genommen. Jetzt musste ich auch sie sogar manchmal trösten, genau wie Shakira, wenn es ihr nicht gut ging.

Nur war es bei Emilia etwas ganz anderes. Sie war nur 10 Jahre jünger als ich und wir verstanden uns sehr gut.

Mit der Zeit merkte ich, dass sie es beinahe darauf anlegt, mit mir Kontakt zu haben. Überrascht war ich zum ersten Mal, als ich ins obere Bad ging, weil ich glaubte, dass es frei sei. Doch Emilia stand noch da in Unterwäsche und sagte nur, ich könne ruhig herein kommen.

Meinte sie es wirklich so oder war das nur eine Redensart? Zwei Tage später passierte es mir wieder. Dieses Mal stand sie da nur mit einem Morgenrock bekleidet. Ohne zu wollen streifte ich sie am Arm und sie drehte sich herum. Ich entschuldigte mich und zog mich sofort zurück.

In den nächsten Tagen versuchte ich aber solche Situationen zu vermeiden. Schon bald war ihr Aufenthalt wieder zu Ende und sie musste abreisen.

Vielleicht ganz gut so, dachte ich, wobei es aber keineswegs unangenehm gewesen war.

27. MUSTAFAS TOD

Dann kündigte uns Emilia telefonisch an, dass ihr Mann Mustafa vermutlich nicht mehr lange leben würde. Natürlich flogen wir beide sofort nach Luxor, denn die Beerdigung bei Moslems soll möglichst am folgenden Tag schon erfolgen.

Zum Glück war es ganz kurz vor den Semester-Ferien und die meisten Prüfungen für dieses Semester waren schon vorbei. Die noch fehlenden zwei konnte Shakira am Anfang des neuen Semesters nachholen.

Als wir gegen 18.00 Uhr ankamen, lebte Mustafa noch. Er erkannte auch seine Tochter, obwohl er fürchterlich abgenommen hatte. Nun blieben seine Tochter Shakira, seine Frau und seine beiden Brüder Farukh und Abdul bei ihm. Ich zog mich aber diskret zurück.

Gegen 21.00 Uhr ist er dann tatsächlich schon verstorben. Alle Gläubigen Anwesenden, die im Sterbezimmer sind flüstern dann unentwegt fast unhörbar das Glaubensbekenntnis, die *Shahada des Islams* und *die Sure 36.* Es soll dem Leichnam den Weg zu Allah erleichtern und vor Allah Rechenschaft über sein Leben ablegen.

Sofort wurde seine Beerdigung vorbereitet, die im Islam genau nach Vorschrift zu erfolgen hat. Alle Anwesenden bis auf seinen älteren Bruder Abdul gingen jetzt, um alle Verwandten, Bekannten und Bediensteten zu informieren, denn ein Moslem soll innerhalb eines Tages bestattet sein.

Abdul alleine blieb und hat ihm zuerst die Augen geschlossen und dann nahm er die Waschung vor, die auch genau nach einem vorgeschriebenen Ablauf erfolgt. Dann wickelte er den Leichnam in Leintücher, denn Moslems werden nicht im Sarg beerdigt.

Am nächsten Morgen schon um 7.00 Uhr wurde der Leichnam zum Friedhof getragen. Dabei wurde auch ich aufgefordert, den Leichnam ein Stück mit zu tragen. Ich hatte mich darauf ein wenig vorbereitet, damit mir keine groben Fehler passieren sollten. Deshalb machte ich mit, was mir sehr wohlwollend angerechnet wurde. Denn das Tragen einer Leiche ist im Islam eine Ehre und soll sogar Sündenvergebung bewirken.

Am Grab angekommen wurde die Bahre abgestellt und der Tote von den Trägern ins Grab gelegt. Ein Imam murmelte dabei ständig Koran-Verse auf Arabisch. Abdul stieg dann ins Grab, um den Verstorbenen richtig zu betten und zwar so, dass sein Gesicht ganz genau nach Mekka zeigt.

Dabei sprach er auf Arabisch:

Im Namen Allahs. Nach der Religion des Propheten Allahs, Gott, sein Grab möge ihm weit sein. Gib, dass dieser Tote mit seinem Propheten vereinigt wird. Gott, wenn er ein Wohltäter war, vermehre seine Wohltätigkeit, wenn er schlecht gehandelt hat, vergib ihm. Hab Erbarmen mit ihm und lass ihm seine Sünden nach.

Danach wird das Grab zugeschüttet. Nur ein Stein markiert später das Kopfende des Beerdigten.

Natürlich hatte ich das meiste nicht verstanden, aber Shakira hat es mir hinterher alles genau erklärt und übersetzt.

Danach zog ich mich zurück. Mir schien, es gab keine Totenfeier, wie bei uns üblich.

Am nächsten Tag ging ich zu Emilia, um zu kondolieren. Sie war zwar sehr niedergeschlagen, wirkte aber doch gefasst, denn sie hatte den Tod kommen sehen.

Nun kam auf sie sehr viel Verantwortung zu. Wie sie das schaffen wollte, war mir jetzt noch schleierhaft.

Da Shakira jetzt ohnehin Ferien hatte und ich zu Hause auch keinerlei Verpflichtungen nach kommen musste, blieben wir noch ein paar Wochen dort.

Dass ihre Tochter noch bei ihr blieb, tat ihr richtig gut. So hatte sie wenigstens einen Familienangehörigen, mit dem sie private Dinge besprechen konnte. Zwar waren die beiden Brüder Ihres Mannes Abdul und Farukh oft in ihrer Nähe, aber ich hatte den Eindruck, dass ihr das gar nicht so Recht war. Dafür zog sie oft sogar auch mich hinzu, um meine Meinung zu hören. Das war mir eine große Ehre.

Ihr größtes Problem waren die 5 Hotels, für die sie nun plötzlich voll verantwortlich war. Ich merkte bald, dass ihr das zu viel war und das sagte ich ihr auch. Doch vorläufig ließ sie alles weiter laufen, setzte in jedes Haus lediglich einen verantwortlichen Verwalter ein. Als das erfolgt war, flogen Shakira und ich wieder nach Deutschland zurück.

28. WIE GEHT ES WEITER?

Natürlich standen wir täglich in telefonischem Kontakt. Dabei merkte ich, dass Emilia ein größeres Problem zu haben schien.

Eines Tages fragte sie uns, ob sie zu Besuch kommen dürfte. Das war gar keine Frage, sie durfte uns jeder Zeit besuchen. Und so stand sie ein paar Tage später auch schon da. Ich holte sie, wie sonst auch, vom Flughafen ab.

Schon am ersten Abend rückte sie mit der Sprache heraus: Farukh, der jüngere Bruder ihres Mannes belagerte sie regelrecht. Er war wohl der Meinung, dass er die Stelle von Mustafa antreten dürfte. Dabei schwebte ihm wohl auch vor, das ganze Vermögen übernehmen zu können.

Aber Emilia mochte ihn überhaupt nicht und außerdem stand nach dem Testament von Mustafa schließlich Shakira und ihr das Vermögen zu.

Nun wollte sie von uns wissen, wie sie sich da aus der Schlinge ziehen sollte.

Unabhängig von einander rieten wir ihr, Farukh eine ganz deutliche Absage zu erteilen. Außerdem riet ich ihr, sich von vier Hotels zu trennen und sie zu verkaufen. Lediglich das Excelsior sollte sie behalten und selbst auch verwalten.

Der Bruder könnte sonst auf die Idee kommen, durch Intrigen ihr die Hotels streitig zu machen. Denn eines wussten wir alle, dass die Männer um Mustafa ständig irgend welche hinterlistigen Pläne hatten. Warum sollte es jetzt etwa anders sein?

Unsere Meinungen akzeptierte sie.

Außerdem hatte sie schon mit einem ihr gut bekannten Makler Kontakt aufgenommen. Auf den konnte sie sich so einigermaßen verlassen, der würde sie nicht über den Tisch ziehen.

Nach dem sehr ausgiebigen Gespräch, das bis weit über Mitternacht gedauert hatte, gingen wir dann ins Bett.

Als sich Emilia nach ein paar Tagen wieder erholt hatte, flog sie wieder nach Luxor zurück.

Telefonisch erfuhren wir dann, dass sie alle Geschäfte genau so abwickelte hatte, wie es besprochen war.

Nach 2 Monaten rief sie Freude strahlend an, um uns zu berichten, dass nun alles in trockenen Tüchern sei. Und den lästigen Farukh war sie los. Er hatte wohl erkannt, dass er keine Chance hatte.

Nun, meinte sie, hätte sie sich einen kleinen Erholungsurlaub verdient.

Sie würde uns nun wieder besuchen, ob es uns gefiele oder nicht.

So resolut kannte ich sie gar nicht, fand es aber gut. Scheinbar hatte sie ihre alte Balance wieder.

29. EIN NEUANFANG

Schon am Flughafen merkte ich, dass Emilia wie ausgetauscht wirkte. Sehr überschwänglich begrüßte sie Shakira mit Umarmung und Küsschen auf die Wangen. Und dann war ich an der Reihe, mit mir tat sie es ganz genau so, als hätten wir uns immer schon so begrüßt.

Ich war zwar überrascht, ließ es mir aber nicht anmerken, denn schließlich kannte wir uns nun ja auch schon eine ganze Zeit. Und was noch viel wichtiger war, wir hatten miteinander doch immerhin die Ausbildung von Shakira durchgebracht.

Ich musste am ersten Abend wieder meinen Rotwein-Keller öffnen, weil sie unbedingt mit uns auf die Erfolge anstoßen müsse.

Wir sprachen noch einmal alle Gegebenheiten und Ereignisse durch. Gelegentlich gab es auch Anlass kräftig zu lachen. Jedenfalls hatte sie den Verlust Ihres Mannes scheinbar am besten verkraftet, denn davon war gar keine Rede mehr.

So verging der Abend wie im Flug. Als wir um 1.00 Uhr endlich ins Bett gingen war bereits die zweite Flasche leer! Sicher würden wir alle sehr gut schlafen.

So gegen 3.00 Uhr klopfte es ganz zaghaft bei mir an der Schlafzimmertür. Sofort war ich wach und rief ebenso leise „Herein". Die Tür ging auf und da stand Emilia im Morgenrock. Sie kam ans Bett und setzte sich auf die Kante.

„Ich kann nicht schlafen. Kann ich zu Dir kommen? Ich möchte nur nicht alleine sein."

Ohne die Antwort abzuwarten huschte sie zu mir unter die Bettdecke und ließ sich von mir umarmen.

Genau in der Stellung wachten wir beide am Morgen auf. Wir schauten uns beide verlegen an und bedeckten unsere Gesichter. Nach einer Weile begann sie zu sprechen.

Sie sagte nur: „*Danke*!"

Dann stand sie auf und ging zur Tür hinaus. Doch genau in dem Moment kam oben Shakira aus dem Bad und sah sie.

Emilia sagte nur: „Es ist nichts passiert, ich konnte nur nicht alleine schlafen!"

Während sich die Frauen fertig machten, bereitete ich das Frühstück vor. Kurz darauf setzten wir uns dann gemeinsam an den Frühstückstisch.

Natürlich war Emilia und auch mir das Thema recht peinlich, das merkte Shakira. Und sie brach das Schweigen:

Mutti, und du Erhard, Ihr braucht Euch doch nicht zu schämen und auch nicht zu entschuldigen. Ihr seid erwachsene Menschen und schließlich seid ihr doch beide alleine. Wo ist das Problem? Im Gegenteil ich bin froh, Euch glücklich zu sehen.

Damit war alles gesagt und das Thema beendet. Wir zogen uns alle an, denn Emilia hatte vorgeschlagen mit Shakira zur Uni mit zu gehen. Dort gab es heute Vorträge und Feierlichkeiten. Dadurch nahm unser Miteinander wieder etwas Normalität an.

Wir zogen von Veranstaltung zu Veranstaltung, wobei ich jetzt immer wieder versuchte etwas Körperkontakt zu bekommen. Und erstaunlicherweise machte Emilia sogleich mit.

Das Wetter war heute herrlich, so dass sie nur ganz leichte, Figur betonte Kleidung trug.

Ich musste immer wieder feststellen, dass sie für ihr Alter doch noch eine sehr gute Figur hatte. Das lag auch hauptsächlich daran, dass sie sich sehr bewusst ernährte. Im Gegensatz zu den meisten ägyptischen Frauen, die mit zunehmendem Alter einfach richtig fett werden. Das konnte man auch bei ihren Freundinnen feststellen.

Am Abend fuhren wir dann wieder gemeinsam nach Hause. Wir fanden, dass es ein herrlicher Tag gewesen war.

Am Abend dann wieder die üblichen Diskussionen. Denn Emilia hatte immer noch
viele Geschichten von zu Hause zu erzählen, denen ich gerne und aufmerksam zu-
hörte.

Dann war es Zeit ins Bett zu gehen.

Was würde heute geschehen? Ich war gespannt.

Gleich nachdem Emilia im Bad fertig war
kam sie zu mir ins Schlafzimmer. Ohne zu
fragen schlüpfte sie zu mir ins Bett.

Und das sollte auch weiterhin so bleiben,
denn sie beichtete mir, dass sie sich lange
schon nach mehr Zuneigung gesehnt hatte.

30. SHAKIRAS ERSTER FREUND

Wir saßen gemütlich beim Frühstück. Shakira hatte heute erst zur 3. Stunde die erste Vorlesung.

Wie ich mitbekommen habe, hat *unsere Tochter* nun ja auch einen Freund.

Shakira erschrak und wurde rot. Dass eine Mutter doch sofort alles merkt, gab sie zurück.

Ja, ich habe schon lange einen Verehrer, der sich aber lange sehr zurück gehalten hat. Ich glaube, er ist ein netter Mensch. Darf ich ihn mal mitbringen?

Emilia sagte sofort zu. Sie hatte begriffen, dass ihre Tochter nun in ganz anderer Umgebung lebte und folglich auch einen ganz anderen Umgang hatte.

Und ich war froh, dass dieses Problem erst jetzt kam. So brauchte ich diese Verantwortung nicht alleine tragen.

Ein paar Tage später, schon am nächsten Wochenende, kündigte sich der Besuch an.

Heinz war ein gut erzogener und freundlicher Mitstudent. Er studierte auch BWL, war aber zwei Semester weiter als Shakira. Sie hatten sich durch das gemeinsame Studium kennen gelernt. Mit Sicherheit konnte sie von ihm viel lernen.

Wir hatten genügend Fleisch, Bier und Wein eingekauft, um im Garten zu grillen. Auch dabei kannte er sich gut aus und übernahm gleich den Grill. Übrigens machte er insgesamt einen recht praktischen Eindruck.

Dann wollte Heinz wissen, wer ich eigentlich sei. Shakira fand einen guten Ausweg: Nehme einfach an, es ist mein guter Opa, dann stimmt es!

Etwas nachdenklich nahm er den Satz hin. Ich nehme an, er wird bei Gelegenheit nochmals nachfragen. Wenn Shakira es für richtig findet wird sie ihm vielleicht die ganze Geschichte erzählen. Das hatte sicher noch Zeit.

Wir saßen gemütlich bis zum Abend beieinander. Wobei Emilia nicht verpasste ihn auszufragen, so wie es sich für eine gute Mutter auch gehört.

Er erzählte, dass sein Vater Beamter und seine Mutter Hausfrau ist. Zwar verdient sein Vater gut, aber den Sohn hält er etwas kurz. Aber er findet das gar nicht schlecht. Man muss auch lernen zu sparen, so lange man noch nicht selbst verdient.

Nebenbei erzählte er, dass er von dem Geld, das ihm sein Vater jeden Monat überweist, noch etwas spart. Da platzte Shakira heraus, dass ich und sie auch einen Fond eingerichtet hätten für ganz schlechte Zeiten.

Gegen 21.00 Uhr verabschiedete sich Heinz von uns und fuhr nach Hause in seine Studentenbude. Wir diskutierten aber noch eine ganze Weile weiter. Da meinte Shakira, dass sie sich jetzt auch gerne eine eigene Studentenbude suchen möchte. Nicht etwa, weil sie unbedingt eine sturmfreie Bude bräuchte. Wenn sie wollte, könnte sie ja jeder Zeit zu Heinz. Nein, es bleibt doch viel Zeit auf der Strecke und das Studium wird auch immer anstrengender.

Und außerdem werde sie nun langsam erwachsen und müsste auch versuchen, auf eigenen Beinen zu stehen. Wann sollte sie es sonst lernen?

Aber versteht mich bitte nicht falsch. Es war wunderbar, von Euch beiden so verwöhnt zu werden.

Ja, ja, sagte ich, so geht es mit den Kindern. Kaum sind sie flügge, schon fliegen sie aus, es ist wie bei den Vögeln. Aber Du hast ja Recht, alt genug bist Du ja jetzt.

Auch Emilia musste mir Recht geben, auch wenn es ihr recht schwer fiel. Aber sie wusste, dass im Ernstfall immer noch mein Sicherheits-Netz gespannt blieb. Allerdings wollte sie wissen, wie viel das Zimmer denn kosten würde. Shakira meinte, dass sie etwa 200 € mindestens aufbringen müsste.

Und wovon willst Du dann leben, fragte Emilia.

Es ist genug Geld auf unserem Fond-Konto, denn ich habe da jeden Monat das übrige Geld eingezahlt und das waren fast 500 € monatlich.

Ich stimmte zu, denn wir hatten uns die Nebenkosten geteilt und den Rest bis 1.000 € hatte ich ihr überlassen. Ich hatte mich kürzlich selbst gewundert, als zufällig ein Konto-Auszug nach Hause kam, auf dem die Summe von 14.850 € stand.

Emilia war total verwundert, hatte sie doch bisher geglaubt, dass wir alles Geld jeden Monat verbraucht hätten.

Damit war auch dieses Thema abgehandelt. Es war schon lange für mich absehbar, dass sich Shakira eines Tages selbstständig machen würde. Es war nur eine Frage der Zeit gewesen. Und nun war anscheinend der richtige Zeitpunkt gekommen. Sicher hatte es auch etwas mit dem

Tode ihres Vaters zu tun. Ihre Mutter hatte nun mehr Verantwortung und da wollte Shakira nicht nachstehen.

31. REISELUSTIGE ALTE

„In unserem Hotel" – sie nannte das ver-
bliebene Hotel Excelsior *unser Hotel* – habe ich einen alten zuverlässigen Bekannten als Verwalter bestimmt, erzählte mir
Emilia.

Ich habe mit ihm nämlich eine Beteiligung
vereinbart. Das heißt, je mehr er erwirt-
schaftet, desto mehr verdient er selbst.
Ich denke, dass er mich schon deshalb sicher nicht betrügt. Dadurch werde ich
nun selbst in nächster Zeit etwas aus-
spannen können.

Eigentlich würde sie gerne noch etwas
Reisen, um die Welt kennen zu lernen.
Schon lange hätte sie eine Freundin nach
Paris eingeladen. Aber Mustafa war zu
bodenständig, um zu reisen. Außerdem
fühlte er sich am wohlsten in seiner gewohnten Umgebung. Und damit hatte sie
sich mit der Zeit abgefunden.

Aber nun eröffneten sich ja ganz andere
Perspektiven.

Wie ist es eigentlich mit Dir, fragte sie mich (sie sagte jetzt einfach *Du* zu mir), *Unsere Tochter* ist doch nun auch aus den gröbsten Problemen heraus. Würdest Du mich begleiten?

Gerne, sagte ich zu ihr, denn ich kam mir inzwischen auch schon vor wie ein Mauerblümchen, das zu wenig gegossen wird.

Wo fangen wir an? Wie lange hast Du Zeit?

Also zuerst würde ich gerne **Berlin** kennen lernen, schließlich ist es Eure Hauptstadt. Und Sehenswürdigkeiten gibt es dort genug. Schon alleine die Tatsache der Teilung durch die Mauer hat viele Kuriositäten geschaffen.

Und die Zeitfrage soll bei mir künftig keine Rolle spielen, vorausgesetzt, ich gehe Dir nicht auf die Nerven.

Keineswegs, im Gegenteil. Ich glaube, dass mein Leben gerade dabei ist, einen ganz neuen Sinn zu bekommen.

Ich schlage vor, dass wir mit dem Auto fahren, dann kann ich Dir noch einige Stationen zeigen, die in meinem Leben eine Rolle gespielt haben.

Gerne, ich lasse mich einfach von Dir überraschen.

Und wann fahren wir los?

Gleich in der nächsten Woche, wenn Du willst.

Und so machten wir uns an die Vorbereitungen. Ich sah, dass sie nicht nur elegante Kleidung für Stadtbummel einpackte. Also konnte ich auch kleine Wanderungen einbauen, wenn es schönes Wetter wäre.

Bei mir war das Nötigste schnell zusammen gepackt, denn ich hatte inzwischen schon Routine.

Am Mittwoch fuhren wir schon gegen 7.30 Uhr los. Shakira wünschte uns gute Reise und nahm uns ganz besonders intensiv in den Arm.

Ich spürte, sie meinte es wirklich so.

Ich fuhr quer durch den **Schwarzwald**, wobei mich das Navi tatsächlich auf ganz kleine Nebenstraßen lotste. An einer Stelle fuhren wir sogar mitten durch einen

Bauernhof, weil das der kürzeste Weg war. Die Strecke war sicher kürzer, aber keineswegs schneller. Aber wir hatten es ja nicht eilig. Auch war kein Quartier vorher gebucht. Wir würden sicher dann spontan etwas finden, wo wir es brauchten.

Mein erster Halt sollte kurz vor Tübingen sein. Ich hatte mir überlegt, eine kleine Fußwanderung auf die *Wurmlinger Kapelle* bei Tübingen zu machen. Wir hielten unten auf dem Parkplatz und wanderten gemütlich hinauf. Das war schon mal ein kleiner Test. Sie bestand ihn mit Bravur. Hatte die richtigen Schuhe an und hielt auch durch. Beim Wandern konnte man sich wunderbar unterhalten. Nach einer guten Stunde waren wir wieder unten, nahmen einen kleinen Imbiss und fuhren weiter.

Unser nächster Halt sollte *Metzingen* sein. Ich wollte sehen, wie Emilia auf die vielen Einkaufsmöglichkeiten reagieren würde.

Doch zuerst gingen wir durch die Altstadt und besichtigten ausgiebig die Keltern mit ihren Museen. Nach dem Mittagessen ging ich mit ihr ins neue Outlet-Zentrum.

Angefangen hatte es ja ganz bescheiden mit Boss in einem alten Fabrik-Gebäude. Inzwischen findet man hier neben Hugo Boss auch Adidas, Amani, Bogner, C. Klein, Diesel, Esprit, Fossil, Joop, Levi`s, Lacoste, Marc o`Polo, Möve, Nice, Puma, Reebok, S. Oliver, Schiesser, Seidensticker, Swatch, Timberland, Tom Tailer, Windsor, um nur die bekanntesten zu nennen.

Sie fand sich fast nicht wieder. So viele Firmen mit Fabrik-Verkauf nebeneinander, hatte sie noch nie gesehen. Das war gegen ihren riesigen Basar in Kairo eine ganz andere Klasse. Das konnte man sofort am Publikum erkennen. Menschen aus der ganzen Welt drängelten sich durch die Läden, als wenn es etwas umsonst gäbe. Vor allem Japaner und Chinesen fielen besonders auf.

Ich gab ihr genügend Zeit, um in Ruhe alles anzuschauen und hier und dort auch etwas zu kaufen. Für Shakira kaufte sie z.B. ein hübsches Kleid und eine Menge T-Shirts.

Schnell war es Abend und es war Zeit, sich um ein Quartier zu kümmern. Das war in dieser Gegend natürlich nicht schwer. Denn inzwischen hatten schon einige Unternehmer in der Nähe ihre eigenen Hotels errichtet. Es war erstaunlicherweise nicht mal sehr teuer.

Unser nächstes Ziel sollte nun *Stuttgart*, unsere Landeshauptstadt, sein. Nacch einer knappen Stunde fuhren wir schon am Fernsehturm vorbei, der 1954 bis 55 als weltweit erster Fernsehturm in Stahlbetonbauweise mit 216 Metern Höhe errichtet wurde.

Wir parkten in der Breuninger-Tiefgarage, somit waren wir mitten in der Stadt und konnten alles zu Fuß erreichen.

Im Gehen versuchte ich ihr ein paar Details über Stuttgart zu vermitteln.

Die erste Siedlung ist hier bereits 90 n. Chr. entstanden. Stuttgart selbst wurde zwischen 926 und 948 als *Stoutengarten* (Pferdezucht) gegründet. 1219 wurde der Ort schon als Stadt erhoben. Viele Kriege und Auseinandersetzungen mit den Nachbarn brachten wechselnde Herrscher.

1495 erhob Graf Eberhard im Bart die Stadt zur Herzogenresidenz. 1806 wurde sie Hauptstadt des Königreiches Württemberg, 1918 Hauptstadt des Volksstaates Württemberg und 1952 Hauptstadt des Landes Baden-Württembergs.

Die Stuttgart Altstadt liegt zwischen Wald und Reben im sogenannten *Stuttgarter Kessel*. Das Klima ist sehr milde, die Winter sind in der Stadt meistens schnee- und eisfrei.

Praktisch alle wichtigen Religionen finden hier ihren Platz. So gibt es jetzt hier 65.000 Muslime, die 21 Moscheen haben. In Bad Canstadt gibt es sogar ein *Cemevi*, das ist ein altelevitisches Versammlungs-

und Gotteshaus, in dem auch Probleme besprochen und Streit geschlichtet wird.

Die Stadt ist das kulturelle Zentrum des Landes, 5 von 11 Museen gibt es alleine hier. Das bekannteste ist die neue Staatsgalerie von 1984. Hier findet man Kunst vom 14. Jahrhundert bis heute. Das besichtigten wir ganz ausgiebig. Unter den vielen Künstlern findet man auch L. Cranach, Rubens, Rembrandt, Monet, Renoir, Ce`canne, Picasso und Beuys.

Alleine für die Staatsgalerie brauchten wir drei Stunden und hatten danach noch längst nicht alles gesehen. Aber es ging ja nur um den Gesamteindruck.

Interessant wären auch noch das Kunst-Museum von 2005, das Porsche-Museum von 1976 und das Mercedes-Benz-Museum von 2009 gewesen.

Aber ich wollte sie auch nicht überfordern. Hier konnten wir von zu Hause gelegentlich immer noch einmal extra hinfahren.

Dann bummelten wir durch den oberen Schlossgarten, vorbei am Landtag, dann ein Stück durch die Königsstraße mit ihren vielen Einkaufsmöglichkeiten zurück zum Auto und fuhren weiter.

In Öhringen bei Heilbronn suchten wir uns ein nettes Hotel, um zu übernachten.

Ein Württemberger Rotwein gab uns die nötige Bettschwere.

Rothenburg war unser nächstes Ziel.

Am nächsten Tag, nach einem ausgiebigen Frühstück bei schönstem Wetter, ging es weiter. Nach einem kleinen Umweg landeten wir in Rothenburg ob der Tauber, einer kleinen oberbayrischen Kleinstadt im Mittelfränkischen Landkreis Ansbach.

Auch hier gab ich ihr wieder ein paar Infos so im Gehen.

Die Wurzeln von Rothenburg liegen in einer Detwanger Pfarrei. Sie wurde 970 von einem ostfränkischen Adligen namens Reiniger errichtet.

Es folgten die Comburg bei Schwäbische Hall sowie die Grafenburg auf dem sogenannten Essigkrug oberhalb der Tauber. Daher auch der Namenszusatz *ob der Tauber* im Ortsnamen. Bis zum Jahre 1116 befand sich die Burg im Besitz der Grafen von Comburg-Rothenburg.1336 wurde sie durch ein Erdbeben stark zerstört. Davon konnte sie sich aber wieder erholen. Im 30-jährigen Krieg wurde die Stadt 1631 von 60.000 Soldaten belagert.

Tilly hielt Kriegsrecht und befahl die Brandschatzung und Vernichtung der Stadt.

Nach der Legende zeigten die Rothenburger Größe und überreichten Tilly den Sieges- und Willkommenstrunk in Form eines Kruges mit 3,75 Liter Frankenwein.

Der Feldherr war so beeindruckt, dass er versprach die Stadt zu verschonen, wenn es einem Rothenburger Bürger gelänge, den Pokal in einem Zug auszutrinken. Der damalige Bürgermeister Georg Nusch stellte sich der Aufgabe und schaffte den *Meistertrunk.*

Aus diesem Anlass findet jährlich das Fest des Meistertrunkes statt. Nachdem aber 1650 die letzten Soldaten die Stadt verlassen hatten, verfiel die Stadt geradezu in einen Dornröschenschlaf.

Das bewahrte sie davor zerstört zu werden. Und deshalb befindet sich ihre alte Bausubstanz auch heute noch in einem sehr guten Zustand und ist Touristen-Attraktion. Sie ist noch von einer über weite Strecken gut erhaltene Stadtmauer eingefasst.

Wir gingen durch das Galgentor, zum Renaissance-Rathaus mit seinem barocken Arkadenvorbau, vorbei an der mächtigen St. Jakobskirche, Richtung Mittelalterlichen Kriminal-Museum mit dem Schandkorb, in dem Leute eingesperrt und allen zur Schau gestellt wurden, die etwas ausgefressen hatten.

Als ich das alles Emilia so im Gehen nebenbei erzählte war sie sehr erstaunt und betrachtete alle Gebäude mit besonderer Ehrfurcht. Vor dem Schandkorb blieb sie besonders lange stehen und meinte nach einer Weile, dass es so etwas in Ägypten auch gegeben hat. Ich glaube, das wäre heute manchmal auch noch eine gute Lösung. Dann würden die Menschen wenigstens reagieren!

Zur Übernachtung fuhren wir aber noch ein Stück weiter, denn wir hatten ja noch eine ganz schöne Strecke vor uns.

In der Nähe von Ansbach suchten wir uns wieder eine Übernachtung. Es war ein altes, aber sauber renoviertes uriges Gebäude. Das Zimmer zwar nicht groß aber modern und praktisch eingerichtet. Schließlich war es ja nur für diese eine Übernachtung. Dafür war der Wein wieder wunderbar.

Nach **Nürnberg** führte nun unser Weg, obwohl ich gar keine Beziehung zu dieser Stadt hatte. Sie ist mir einfach unangenehm fremd. Aber wozu hatte ich denn einen Reiseführer dabei. Beim abendlichen Schlaftrunk hatte ich darin geblättert und folgende Beschreibung gefunden und Emilia vorgelesen:

Der Name der Stadt leitet sich ab von *steiniger Fels*, gemeint ist der weithin sichtbare Keuperfels mit seiner Burg. Die Altstadt ist heute noch fast vollständig von einer Stadtmauer umschlossen.

Wann die Stadt gegründet wurde ist nicht eindeutig bekannt. Es könnte zwischen 1.000 und 1.040 gewesen sein im Zuge der Sicherung des Grenzgebietes zwischen Bayern, Sachsen, Ostfranken und Böhmen am Schnittpunkt wichtiger Handelsstraßen gewesen sein.

Einen zweifelhaften Ruhm hatte sich Nürnberg während der Nazi-Zeit erworben. Die *Reichsparteitage* machten die Stadt zu einem wichtigen Ort nationalsozialistischer Propaganda. Auch die N*ürnberger Rassen-Gesetze* wurden hier 1935 beschlossen, als juristische Grundlage ihrer antisemitischen Ideologie.

Durch diese Rolle während der Nazi-Gewaltherrschaft fühlte sich Nürnberg nach dem Krieg in besonderem Maße verpflichtet einen aktiven Beitrag zum Frieden und zur Verwirklichung der Menschenrecht zu leisten.

Zu diesem Zweck wurden unter anderem die *Straße der Menschenrechte*, ein *Mahnmal für die Würde des Menschen*, sowie das *Dokumentations-Zentrum Reichstagsgebäude* (das über die Nazi-Zeit informiert) errichtet.

Auch die Verurteilung vieler Nazi-Größen erfolgte hier 1945 in den Nürnberger Prozessen.

Trotzdem hatten in der Stadt seit je her alle Religionen einen festen Platz. 1616 erschien hier die erste Übersetzung des Koran von Salomon Schweigger ins Deutsche.

Seit 1970 gibt es in Nürnberg Gemeinschaften zur Pflege und Förderung des islamischen Glaubens und der islamischen Kultur. Mit der *Eyüp-Sultan-Moschee* entstand 1996 die größte Moschee in Bayern und die drittgrößte in Deutschland.

Das beeindruckte Emilia. Wobei ich aber feststellen musste, dass sie von den Vorgängen in der Nazi-Zeit wenig Vorstellung hatte. Es ist ohnehin bezeichnend, wie hoch wir Deutschen bei den Ägyptern im Kurs stehen. Das hat vielleicht seine Wurzeln darin, dass im zweiten Weltkrieg wir gegen ihre Feinde, die Engländer gekämpft haben. Im Kriegs-Museum in El Alamein bei Alexandria findet man die Büste von Feldmarschall Rommel dicht neben König Farouk und Feldmarschall Montgomery.

Wir machten einen kleinen Bummel durch die Stadt, schauten in die Kaiserburg, das Wahrzeichen Nürnbergs und in die riesige St. Lorenz -Kirche, und gingen über den Henkersteg, der die Pegnitz überspannt.

Dann fuhren wir wieder weiter Richtung Norden.

Unser nächstes Ziel war nun *Weimar*. Als wir durch den Thüringer Wald fuhren rief

Emilia plötzlich, sind wir wieder im Black Forest?

Nein, dies ist der Thüringer Wald, kleiner als der Schwarzwald, aber auch genau so interessant mit seinen Hügeln und Tälern und den weiten Wäldern.

Nach 3 Stunden kamen wir in Weimar an. Ich kannte es eigentlich von früher, aber jetzt sah vieles ganz anders aus. Alle Häuser waren renoviert, neu verputzt und gestrichen. Alle Bauruinen waren abgerissen und Baulücken geschlossen. Ja sogar die Straßen in der Altstadt aus Kopfsteinpflaster, früher bucklig und mit vielen Flickstellen, waren jetzt sauber eben. Es war eine Freude hier jetzt zu bummeln. Freilich störten die vielen Touristen, aber wir gehörten ja jetzt auch dazu.

Weimar ist nicht nur bekannt als besonderes Kultur-Zentrum, besonders aber durch Goethe und Schiller. Schriftlich erwähnt wird es in alten Aufzeichnungen schon im Jahr 899 n. Chr.

Aber schon 1850 fand man im Moor bei Possendorf in 5 Meter Tiefe mehrere Gebrauchsgegenstände. Ein kupferner Kessel wird datiert auf die Zeit zwischen dem 4. und 1. Jahrhundert v. Chr..

Und im Travertin-Steinbruch in Ehringsdorf bei Weimar wurde 1925 das Skelett eines Menschen gefunden, das geschätzt wird auf ein Alter von 200.000 bis 250.000 Jahre. Es trägt die Bezeichnung **Ehringsdorfer Urmensch.**

1919 wurde im Deutschen Nationaltheater die Weimarer Republik ausgerufen, die immerhin hielt von 1919 bis 1933.

Aber nicht nur Berühmtheiten gibt es in Weimar zu bestaunen. Auch hier hat die nationalsozialistische Zeit ihre blutigen Spuren hinterlassen.

Ganz in der Nähe Weimars auf dem Ettersberg gab es ein Konzentrationslager, wo viele Menschen durch die SS ihr Leben gelassen haben. Alteingesessene behaupten nichts davon gewusst zu haben, obwohl der Gestank von verbranntem

Fleisch aus dem Krematorium gelegentlich bis in die Stadt zu riechen gewesen sein soll.

Ein riesiges Mahnmal, das weithin sichtbar ist und das restaurierte KZ-Lager erinnern nur noch daran. Diese Besichtigung verschoben wir aber aus Zeitgründen auf ein nächstes Mal.

Während ich das Emilia alles erzählte bummelten wir durch die Stadt. Vorbei am Nationaltheater, dem Bauhaus-Museum dem Schillerhaus in der Schillerstraße, wo gerade der berühmte Zwiebelmarkt statt fand zum Rathaus am Markt.

Dann gingen wir vorbei an der Herzogin-Amalia-Bibliothek und dem Residenzschloss in den Goethepark mit dem Goethe Gartenhaus. Weil es ein so schönes Wetter war, hielten wir uns hier den ganzen Nachmittag auf. Auf dem Rückweg schlenderten wir vorbei an der Hochschule für Architektur, an der ich studiert hatte.

Im Hotel Schwarzbierhaus in der Altstadt, wo wir uns eingemietet hatten aßen wir Abendbrot und genossen ein kühles Thüringer Schwarzbier, als unseren gewohnten Nachttrank.

Am nächsten Morgen nach einem ausgiebigen Frühstück ging es weiter.

Zwischenstopp wollte ich machen in *Naumburg*, um den Dom anzuschauen und Mittag zu essen. Die Besichtigung des Domes St. Peter und Paul, der zwar schon 1213 begonnen, aber erst 1884 mit dem Südwest-Turm vollendet wurde, dauerte nicht lange. Weltberühmt sind die 12 Stifterfiguren, die wohl um 1250 aus Kalkstein gefertigt wurden. Am bekanntesten sind die lebensgroßen Figuren Uta und Ekkehard.

Auch hier war Emilia sehr beeindruckt. Ich bekam langsam Bedenken, ob ich sie nicht mit deutscher Kultur zu sehr überhäufte. Aber an ihrem Interesse sah ich, dass sie sich gerne informierten ließ.

Da Naumburg das nordöstlichste deutsche Weinbaugebiet an Saale und Unstrut ist, gibt es hier auch eine Menge Winzer, die regelmäßig im Jahr einige Weinfeste abhalten.

Nach einem Gang über den Traubenmarkt fuhren wir dann aber wieder weiter.

Unser nächster Halt war in *Leipzig*. Auch schon zu DDR-Zeiten war Leipzig ein Dreh- und Angelpunkt, denn hier fand die weltbekannte *Leipziger Messe* regelmäßig statt. Hier traf sich nicht nur Nord und Süd, sondern auch Ost und West und das nicht nur zu Geschäften, sondern auch privat, zum Leidwesen der DDR-Bonzen.

Leipzig ist angeblich der älteste Messe-Standpunkt der Welt, die erste fand hier nämlich schon 1190 statt und zwar für Pelze. 1895 fand die erste sogenannte Muster-Messe statt.

Im 19. Jahrhundert wurde die Stadt zum Zentrum des deutschen Buchhandels. Eine große musikalische Tradition entstand besonders durch J. S. Bach und Felix

Mendelsohn Bartoldy und das berühmte Gewandhaus-Orchester.

Das leitete Kurt Masur, der 1989 besonders bekannt wurde, weil er sich der Friedensbewegung anschloss, die im Umfeld der Nicolaikirche wesentlich zur Wende in der DDR bei trug. Deshalb erhielt die Stadt auch den Beinamen *Heldenstadt*.

Wir bummelten durch die Innenstadt, vorbei am alten Rathaus, der neu errichteten Paulinenkirche, die zu DDR-Zeiten gesprengt worden war und zum neuen Gewandhaus von 1977.

Natürlich zeigte ich Emilia auch das Wahrzeichen der Stadt, das Völkerschlacht-Denkmal. Gegen Abend fuhren wir weiter Richtung Berlin und suchten uns auf halber Strecke eine Übernachtung.

Dann endlich waren wir in **Berlin**, der Hauptstadt unseres Landes und unserem eigentlichen Reiseziel.

Wir suchten uns wieder ein geeignetes Hotel etwas außerhalb, aber mit guter Parkmöglichkeit und nahe einer S-Bahn-

Station. Von hier würden wir dann am besten mit der S-Bahn in die Stadt fahren, um uns die ewige Parkplatz-Suche zu ersparen.

Für Berlin sollte man sich mindestens einen Monat Zeit nehmen, wenn man alle wichtigsten Einrichtungen und Bauten sehen will. Das wollte ich Emilia aber nicht zumuten. Also konzentrierten wir uns auf das Wesentlichste.

Zuerst las ich ihr etwas vor über die Geschichte Berlins und dessen Entstehung.

Erstmals urkundlich erwähnt wurde der älteste Stadtteil Cölln 1237. Der Name ist zusammen gesetzt aus dem slawischen *berio* und *in* , d.h. Sumpf oder trockene Stelle in einem Feuchtgebiet. Das Wappentier ist ein Bär, d.h, der sich vom Namen Berlin ableitet, nicht umgekehrt.

1701 wurde Berlin preußische Hauptstadt durch die Krönung Friedrich I. zum König von Preußen.

Mit der Gründung des Kaiserreiches 1871 beginnt exakt die Gründerzeit. Es siedelten sich viele große Firmen hier an, darunter AEG, Siemens und Borsig u.a., in dessen Folge Berlin zur Weltstadt wurde.

Ab 1933 war Berlin natürlich auch Hauptstadt des zentralistischen 3. Reiches.

Von 1940 bis 1945 wurde Berlin in Folge der schweren Bombenangriffe durch die Briten und durch die Schlacht um Berlin zu über 50 % zerstört.

Nach der Kapitulation 1945 wurde die Stadt in 4 Sektoren aufgeteilt. In der Folge schlossen sich die Westsektoren der Amerikaner, Engländer und der Franzosen zusammen und der Wiederaufbau begann.

Im Ostsektor, der von den Russen besetzt war, verlief die Entwicklung ganz anders. Er wurde zwar Hauptstadt der DDR, aber war sehr stark abhängig von den Russen.

Die Berliner Mauer von August 1961 bis Oktober 1989, als Folge der dramatisch zunehmenden Flüchtlings-Ströme in Richtung Westen, wurde die Stadt stark isoliert.

Nach dem Mauerfall wurde Berlin wieder Hauptstadt von ganz Deutschland und nahm eine rasante Entwicklung. Sie ist inzwischen Weltstadt für Kultur, Politik, Wissenschaften und Medien.

Unter den vielen Firmengründern, Künstlern und Arbeitern gibt es sehr viele Einwanderer. Es gibt mehr als 25 nicht Einheimische ethnische Gruppen oder Nationalitäten mit jeweils mehr als 10.000 Menschen. Auch mindestens 11.000 Ägypter.

Für die ca. 8 % Islamisten gibt es viele Moscheen, ebenso Synagogen für die 0,3 % Juden in der Stadt.

Zuerst machten wir zwei Stadtrundfahrten; eine mit dem Bus Nr. 100 und eine mit dem Schiff. Damit war ein Tag schon fast herum. Dann fuhr ich mit ihr an die Brennpunkte: Reichstagsgebäude, Bundeskanzleramt, Brandenburger Tor und zum Check Point Charlie. Im Museum am Check Point ist die Geschichte während der Berliner Mauer sehr gut dargestellt.

Auch sehr beeindruckend sind die bemal-
ten Mauerreste an verschiedenen Stellen
in der Stadt.

Am nächsten Tag fuhren wir zum Alexan-
derplatz. Hier steht das alte Wahrzeichen,
das Rote Rathaus, inzwischen aber etwas
im Schatten des neuen Wahrzeichens,
dem neuen Fernsehturm und der Welt-
Uhr auf dem Alex.

Einen ganzen Tag verbrachten wir auf der
Museums-Insel und waren vor allem im
Pergamon-Museum. Davon war Emilia
stark beeindruckt und fragte mich, warum
hier so viele Ausstellungstücke aus Ägypten zu sehen sind.

Ich musste ihrer Verwunderung Recht geben. Auch nach meiner Auffassung gehörten schon längst alle Originale in die Ur-
sprungs-Länder zurück. Lediglich Kopien
dürften hier stehen. Aber das sehen Politi-
ker nun mal leider etwas anders.

Natürlich hatten wir zwischendurch auch
immer Zeit für kleine Stadtbummel. Das

war am Potsdamer Platz mit dem großen Sony-Zentrum besonders interessant.

So verging ganz schnell eine ganze Woche, dabei hätte ich ihr auch gerne noch ein Stückchen Umland gezeigt. Wunderbare Badeseen und Kiefernwälder auf feinem Sandboden, fast wie an der Ostsee.

Aber die Ostsee wollte ich ihr nun doch noch zeigen. Das Auto ließen wir jetzt in Berlin stehen und fuhren mit dem Zug direkt auf die Insel Rügen.

In Binz mieteten wir uns ein und unternahmen von dort aus verschiedene Ausflüge.

Zuerst mit dem *Rasenden Roland* von Binz bis an die Südspitze nach Tiessow. Es ging langsam und beschaulich, so richtig zum Entspannen

So etwas hatte Emilia noch nie erlebt.

Mit einem Mietauto ging es dann an den Leuchtturm bei Kap Arkona, an der Nordspitze der Insel, vorbei an den Hünengräbern. Natürlich zeigte ich ihr auch das Nationalpark-Museum Stubbenkammer und die Kreidefelsen.

Nach ein paar Tagen fuhren wir mit dem Zug wieder zurück nach Berlin.

Nach einer kurzen Verschnaufpause machten wir uns dann wieder auf, um mit dem Auto wieder nach Hause zu fahren.

32. STUDIUM - ENDE

Endlich nahte das Ende des Studiums. Natürlich war Shakira da sehr angespannt. Aber sie war auch sehr diszipliniert und schaffte alle Prüfungen mit Bravur. Ihre Durchschnitts-Note mit 1,8 lag weit über dem Durchschnitt des Studienjahres. Dafür bekam sie sogar eine Auszeichnung.

Nun konnte man sie also auf die Praxis loslassen.

Fühlte sie sich aber auch so?

Ich fragte sie einfach und sie antwortete mir: Die ganze Zeit arbeite ich schon so, als wenn ich bei meinem Vater im Büro sitzen würde. Auch wenn es meinen Vater nicht mehr gibt, so gibt es doch immer noch unser Hotel.

Ich glaube, meine Mutter hat es extra behalten, damit ich dort die Arbeit übernehmen soll. Das schien mir auch so, obwohl wir nie darüber gesprochen hatten.

Nachdem Shakira mit allem fertig war, begann sie hier die Zelte abzubrechen. Sie kündigte ihre Wohnung, ein Nachmieter war an einem Tag schon gefunden. Und sie zog vorüber gehend wieder zu mir.

Die Freundschaft mit Heinz hatte sich auch schon vor einiger Zeit aufgelöst. Er hatte eine gute Arbeitsstelle in Hamburg gefunden. Und alleine durch die große Entfernung hatten sich eine Trennung angebahnt.

Aber die große Liebe war es ohnehin nicht gewesen, hatte ich den Eindruck gewonnen. Es hätte sich alleine schon aus den beiden Herkunftsländern Konflikte angebahnt. Denn ich glaube, dass Heinz nie bereit gewesen wäre nach Ägypten zu ziehen.

Vielleicht aber hatte Shakira auch etwas gebremst, denn sie wusste ja, dass sie bald wieder zurück nach Luxor gehen würde.

Wie auch immer, Shakira war wieder frei und es war kein Trennungs-Schmerz zu erwarten.

Nach 14 Tagen meinte Shakira, dass wir nun nach Luxor fliegen sollten. „Wir", sagte sie, also sollte ich mitgehen!?

Bisher war davon nie die Rede gewesen. Hatte sie mit ihrer Mutter etwa schon darüber gesprochen?

Als wir abends gemütlich beisammen saßen fragte ich sie direkt:

Wie hast Du das gestern gemeint als du sagtest, dass *wir* nun nach Luxor fliegen sollten? Hast Du mit Deiner Mutter auch schon darüber gesprochen?

Ja, meine Mutter hat mir mir gegenüber angedeutet, dass sie sich sehr freuen würde, wenn Du mit kämst, erklärte sie mir. Sie fühlt sich so alleine und könnte gut eine starke Hand neben sich gebrauchen."

Das wollte ich aber doch genauer wissen. Beim nächsten Telefonat ging ich einfach ans Telefon und sagte: *Wir sind fertig!*

Prompt gab Emilia schlagfertig zur Antwort: Dann kommt nur schnell beide hierher, ihr werdet gebraucht!

Nun hatte ich es von ihr selbst gehört. Was sollte ich nun tun? Hier alles verkaufen kam nicht in Betracht, ging auch nicht so schnell. Und alles vermieten war auch nicht so einfach.

Darauf unterhielt ich mich mit meinen Söhnen darüber. Und mein Großer offenbarte mir, dass er gerade dabei sei, eine neue Bleibe in Süddeutschland zu suchen, weil er eine neue Arbeit im Süden gefunden hatte. Freiburg wäre ein guter Standort für sein neues Betätigungsfeld. Kurz gesagt, er wäre sehr dankbar, wenn er unser Haus übernehmen könnte.

Ab wann?

Eigentlich ab sofort.

Das ginge zwar nicht, aber in den nächsten 2 Wochen würde er schon kommen. Und die Familie würde dann in den großen Ferien nachkommen.

Damit war dieses Problem ganz einfach gelöst, schneller als ich gedacht hatte.

Als ich das Shakira erzählte war sie froh, dass ich eine so einfache Lösung gefunden hatte und sie erzählte es gleich ihrer Mutter.

Daraufhin räumte ich meine persönlichen Sachen in die Einliegerwohnung zusammen, dass mir sozusagen als mein zu Hause dienen würde, wenn ich mal wieder her käme.

Eigentlich konnten wir nun fliegen.

33. NEUE HEIMAT LUXOR

Schon 3 Tage später waren wir auf dem Weg. Und nach etwa 5 Stunden landeten wir schon in Luxor. Emilia hatte es sich nicht nehmen lassen, uns mit einer Limousine des Hotels abzuholen. Sie selbst stand am Ausgang und begrüßte uns:
Herzlich willkommen zu Hause!
Das sagte sie auch zu mir und strahlte mich an. Wir fuhren ins Hotel und ich bekam ein Zimmer in ihrem Haus. Angeblich seien gerade alle Gästezimmer ausgebucht, erzählte sie mir. Aber damit hatte ich aber schon gerechnet. Eigentlich war es gar kein Zimmer, sondern ein ganzes Apartment, denn ich sollte mich hier ja wohl fühlen. Ich hatte ein Wohn- und ein Schlafzimmer, natürlich auch mit eigenem Bad und WC. Und da es oben lag hatte ich auch eine riesige Dachterrasse. Von dort aus konnte ich den ganzen Komplex übersehen.
Da war es auszuhalten.

Nun war ich gespannt, welche Rolle Emilia mir hier zugedacht hatte.

Am kommenden Wochenende war ein Sommerfest geplant, hatte Emilia so nebenbei fallen lassen. Das machte sie in jedem Jahr so, seit sie die Führung übernommen hatte.

Sie meinte: So geht der Kontakt zum Personal nicht verloren. Und ganz nebenbei erfahre ich so auch, wo etwa der Schuh drückt.

So ganz beiläufig bat mich Emilia, doch mit Gelaba zu erscheinen. Ich ahnte, dass sie mich wohl vorstellen wollte.

Shakira hatte schon in ihre neue Arbeit hinein geschnuppert. Zufällig wollte die jetzige Buchhalterin gerade in den verdienten Ruhestand gehen, denn sie hatte seit kurzer Zeit Kreislauf-Probleme. Und das war bei der Wärme nicht auf die leichte Schulter zu nehmen. Aber bis Shakira eingearbeitet sei, würde sie auf jeden Fall da sein.

Das Wochenende kam und es wurden sehr viele Vorbereitungen getroffen. Damit die Gäste nicht gestört werden sollten, fand die Fete im Park des Wohnhauses statt. Der Hotel-Betrieb lief natürlich weiter.

Hauptsächlich Shakira war mit den Vorbereitungsarbeiten beschäftigt. Ich merkte, dass sie recht angespannt war. Hatte sie Bedenken, ob sie die neue Aufgabe meistern könnte?

Ganz nebenbei bemerkte ich heute wieder das eigenartige Blinken. Jetzt war ich mir sicher, es musste von Shakira kommen. Ich schaute auf ihre Hände und erkannte den ganz ausgefallenen Ring an ihrer rechten Hand wieder.

Darauf sprach ich sie an, aber sie reagierte ganz eigenartig. Sie meinte nur, dass dies ein besonderer Ring sei, den sie nur zu ganz bestimmten Anlässen trage.

Damit gab ich mich vorerst zufrieden, wollte aber bei Gelegenheit bei Emilia nachfragen.

Als dann alle versammelt waren, klopfte Emilia ans Glas, erhob ihre Stimme und verkündete, dass Shakira ihr Studium Betriebswirtschaft beendet habe und nun wieder da sei. Sie wäre bereit, die Arbeit von Roana, der bisherigen Buchhalterin, zu übernehmen, damit diese in den verdienten Ruhestand gehen könne.

Als der lang anhaltende Applaus zu Ende war wurde daraufhin beiden Frauen ein riesiger Blumenstrauß überreicht, der einen zum Abschied, der anderen zum Neubeginn.

Das war die eine Neuigkeit und nun kam die Zweite. Emilia klopfte erneut ans Glas und erhob ihre Stimme.

Sie hätte aber noch etwas zu verkünden:

„Das Studium hätte Shakira in Deutschland nur machen können, weil Erhard — und sie zeigte dabei auf mich — sie dabei tatkräftig unterstützt habe.

Zum Dank würde sie mir nun *Asyl bieten*. Kurz gesagt, ich würde ab jetzt als *Gast der Familie* hier wohnen, so lange ich wollte. Darauf erscholl tatsächlich erneut Beifall. Damit war ich wohl von allen akzeptiert.

Farid von der Rezeption nahm mich am Ärmel und versicherte mir, dass ich mich immer auf ihn verlassen könne. Hätte ich mal ein Problem könnte ich unbedingt zu ihm kommen.

Ich gewann den Eindruck, dass er wohl einer von denen mit doppeltem Gehalt bei Mustafa gewesen sei. Es war gut, ihn zum Freund zu haben, aber wehe wenn man es sich mit ihm verdirbt!

Sicher wusste er über alles und Jeden Bescheid. Aber das kleine Geheimnis von Shakira und mir während meines Urlaubs sollte vor ihm verborgen bleiben, das war sicher besser so.

Somit war ich keinesfalls abhängig von ihm.

34. DER RING

Jetzt sollte irgendwann die Gelegenheit sein, nach dem so mysteriösen Leuchten zu fragen.

Als wir gerade in guter Stimmung beide beieinander saßen, brachte ich die Sprache drauf.

Ich begann mit den Begegnungen in Luxor und dann auf dem Flughafen.

Emilia überlegte und dann nach einer ganzen Weile begann sie zu erklären.

Ihre Großmutter hatte ihrer Mutter als die Frage stand, ob sie mit geht nach Ägypten oder doch besser in Deutschland bleiben sollte, einen Ring geschenkt, der ihr schon viel genutzt hatte.

Es war ein Ring, der mit Diamanten besetzt ist und der angeleuchtet eine ganz besondere Strahlung von sich gab.

Meiner Mutter hat er damals zur richtigen Entscheidung verholfen. Sie wurde hier glücklich und zufrieden.

Als ich dann vor der Entscheidung stand, ob ich meinen Mann heiraten sollte oder nicht, gab mir meine Mutter diesen Ring.

Aber ich ignorierte seine Hinweise und entschied mich alleine für meinen Mann, weil ich glaubte, es sei die richtige Entscheidung.

Im Nachhinein muss ich sagen, dass ich mich doch auf den Ring hätte verlassen sollen!

Als nun Shakira von ihrem Vater vor das Problem gestellt wurde, den Sohn seines Geschäftsfreundes zu heiraten, gab ich ihr den Ring. Den trug sie dann gelegentlich, wenn sie glaubte Probleme zu haben.

Tatsächlich entschied sie sich aber ganz eindeutig dazu den Mann, der wenig sympathisch und dazu auch noch viel zu alt für sie war, nicht zu heiraten.

Anscheinend hat sie den Ring nun in letzter Zeit doch wieder öfter genutzt.

Zu mir hat sie aber nichts gesagt, meinte Emilia.

Die Ur- Oma hatte aber auch gesagt, dass man den Ring auch tragen darf, wenn es einem besonders gut geht.

Andererseits darf man den Ring aber auch nicht überstrapazieren, d.h. ihn nicht ständig tragen.

Ich hatte aber gar keinen Einfluss darauf, hatte es ihr ganz alleine überlassen, wann sie ihn einsetzt, ergänzte Emilia.

Damit hatte ich nun zwar eine Erklärung, aber hinter das Geheimnis des Leuchtens war ich nicht gekommen. Vielleicht würde mir Shakira selbst irgendwann etwas mehr dazu sagen.

35. FRISCHER WIND

Shakira hatte sich schnell in ihre neue Aufgabe eingearbeitet. Das lag auch daran, dass ihr Roana kein Chaos hinterlassen hatte.

Als dann überraschend auch der Hotelverwalter Marek aus Alters- und Gesundheitsgründen ausschied, übernahm Shakira kurzer Hand auch den Posten.

Und das hatte bald enormen Folgen.

Marek war zwar ein sehr zuverlässiger Mitarbeiter gewesen, aber er scheute moderne Veränderungen.

Shakira machte zuerst Kassensturz.

Um die Finanzen standen es gut. Aber vieles war einfach veraltet. Da konnte man mit den neu eröffneten Hotels einfach nicht mithalten.

Z.B. mussten die Zimmer renoviert werden. Das könnte man auch abschnittsweise machen. Am Pool sollte man unbedingt die Liegen gegen neue modernere austauschen. Und die Auflagen hatten auch schon längst ausgedient; Farben frohere und dickere kämen sicher bei den Urlaubern besser an.

Ein großes Problem zeichnete sich in der Verpflegung der Urlauber ab. Denn in andren Ländern hatte neue Hotels begonnen *al inklusive* anzubieten, hatte Shakira ermittelt. Dabei war sie von Reisebüro zu Reisebüro gefahren und hatte Prospekte eingesammelt, um sie miteinander zu vergleichen.

Dies, um nur die wichtigsten Punkte zu nennen, sollen in nächster Zeit gelöst werden.

Das bedeutete aber eine enorme Umstellung und das auch noch möglichst schnell, denn die Vorbereitungen für die Prospekte für das nächste Jahr liefen schon auf Hochtouren.

Nach kurzer Zeit hatte sie ein ganz neues Konzept erstellt.

Dazu lud sie den Koch ein zu einem Gespräch. Natürlich sollten Emilia und ich als Beobachter auch unbedingt dabei sein.

Sie unterbreitete dann folgendes Konzept:
Der Koch, ein junger dynamischer Mann
war immer schon darauf bedacht, neue
Kochmethoden und neue bzw. uralte Re-
zepte auszuprobieren.

Ihm kam jetzt eine ganz besondere Aufgabe zu. Er sollte ein Restaurant umrüsten
auf Selbstbedienung. Aber nicht alles den
Gästen überlassen, sondern eine gesteu-
erte Lösung anbieten.

Im Vordergrund sollte stehen, die Gäste
mit alten Rezepten vertraut zu machen,
sozusagen als Vorkoster. Dabei sollte er
ganz besonders auf neue Erkenntnisse in
gesunder Ernährung hinweisen, wobei
auch neue Kochmethoden eine große Rolle spielen sollten.

Shakira stellte sich vor, dass man das als
eine Vorführung anbieten sollte, zu der
nur Interessierte Gäste kommen würden.

Sollte das Angebot gut angenommen
werden, wäre es ratsam, daraus eine Vortragsreihe zu machen. So könnte man
Stammbesucher generieren, die vielleicht

sogar dann extra gekennzeichnet werden könnten. Dafür gab es schon Vorbilder. Nach mehren Teilnahmen an den Koch-Vorträgen könnte man diesem Personenkreis ein farbiges Bändchen um das Handgelenk binden. So würden sie sich von den anderen unterscheiden.

Nach einer guten Einführung, durch den Koch persönlich mit vielen guten Hinweisen, dürften sich die Gäste dann selbst bedienen.

Aber ihr schwebte vor, dass da gute ausgesuchte und qualifizierte Kellner zur Seite stehen und den Gästen helfen sollten ein Menü richtig zusammen zu stellen. Wobei man ganz besonders auf die aufgelegte Menge achten sollte.

Der Slogan sollte lauten:

Lieber einmal mehr zum Buffet, als den Teller überladen! So kann man viel mehr ausprobieren. Und dann merkt man auch, wann man satt ist.

Da lauerte aber auch schon das nächste Problem, nämlich die Wirtschaftlichkeit!

Denn die Hotels, in denen all inclusive eingeführt worden war berichteten von vielen Resten, die auf den Tellern zurück blieben. Das führte zur Unwirtschaftlichkeit, so dass manche Hotels bereits überlegten, zum alten System wieder zurück zu kehren oder die Preise zu erhöhen.

Natürlich gehörte zu al inclusive auch, dass die Getränke kostenlos sein müssten. Aber eben nur zum Essen.

Um Missbrauch vor zu beugen sollten aber nur die Kellner alkoholische Getränke am Tisch ausschenken. Auf keinen Fall ganze Flaschen auf den Tisch stellen, denn die notorischen Säufer sollte nicht angezogen werden.

Sollte sich das neue System zwar als richtig aber unwirtschaftlich erweisen, könnte man immer noch über einen pauschalen Zuschlag nachdenken, den die Urlauber auch noch hier im Hotel nach buchen könnten.

Aber diese Entscheidung müsste ja nicht jetzt gefällt werden.

Damit startete der Koch.

Er ließ Plakate drucken, die überall ausge-
hängt wurden. Natürlich half ihm Shakira
tatkräftig dabei.

Er wiederum versprach, alles etwas locker
und lustig auf zu ziehen. Er fragte Shakira,
ob er sich dazu auch verkleiden dürfte.

Dann kam der erste Abend.

Das kleine Restaurant fasste 60 Plätze. Ob
die wohl alle besetzt sein würden, war
unsere bange Frage?

Es klappte. Alle Stühle waren bis auf den
letzten Platz besetzt!

Der Anfang sah schon mal gut aus.

Der Koch begann mit seinem ersten Vortrag.

Dazu hatte er sich einen dicken Bauch und
einen Schnurrbart zugelegt, in Anspielung
auf zu viel Essen.

Er begann mit der Entschuldigung, dass er
immer zu viel gegessen hätte und deshalb
jetzt einen dicken Bauch hätte.

Davor wolle er aber seine Gäste schützen, indem er ihnen jetzt ein viel gesünderes Essen servieren wolle.

Nach 10 Minuten brach er ab, und bat nun erst mal zum Essen. Weitere Informationen würde er gerne morgen geben, falls Nachfrage wäre.

Das Essen verlief sehr kultiviert. Alle bemühten sich genau den Vorgaben des Kochs zu folgen, ja manche getrauten sich sogar Fragen zu stellen, was schon mal ein sehr gutes Zeichen war.

Am Ausgang hatte Shakira einen Zettel ausgelegt, auf dem nur zwei Frage standen:

HAT ES IHNEN GEFALLEN?
SOLLEN WIR DIE REIHE FORTSETZEN?

Fast alle hatten diesen Zettel am Ende unterschrieben.

Damit war klar, es sollte weiter gehen.

Der Koch hatte für jeden Abend irgend einen neuen Einfall, so dass die Teilnehmer schon alleine deshalb gerne wieder kamen.

Nach ein paar Tagen war eine richtige Stamm-Mannschaft beieinander. Und wir überlegten, denen dieses kleine Bändchen am Handgelenk anzubieten. Als Dank würden sie dann auch am Tage an der Bar alkoholfreie Getränke kostenlos bekommen.

Natürlich führte das auch zu Ärger.Es kamen einzelne Urlauber und beschwerten sich, dass sie kein Armband bekommen hätten. Aber auch das Problem löste sich nach ein paar Tagen von selbst, als nämlich alle mit Bändchen und auch die Nörgler abgereist waren.

Nun war es an der Zeit, die finanzielle Seite zu beleuchten.

Also al inclusive einzuführen wäre eine gute Reklame. Aber total zu den normalen Kosten wäre das leider nicht möglich.

Da schlug Shakira vor, man könne künftig einen Aufschlag pro Tag anbieten. Der müsste die Unkosten decken, aber unter den Kosten der al inclusive-Anbieter im Katalog liegen.

Vergleiche man die Reisen im Katalog, so machte der Unterschied etwa zwischen 10 und 20 € pro Tag aus. Unsere Mehrkosten belaufen sich so um die 4 € pro Tag.

Wenn wir 6 € Aufschlag pro Tag nehmen würden, kämen beide Seiten gut weg. Diesen Betrag, abhängig von der Verweildauer könnte man nachträglich hier an der Rezeption jeder Zeit buchen und damit das Bändchen erwerben.

Eine Woche nach dieser Besprechung führten wir das System ein und es schlug ein wie eine Bombe.

Unser Problem war es nun, unser Angebot im Speisesaal so schnell umzustellen.

Aber alle waren sehr flexibel und so klappte es auch zeitlich reibungslos.

Schnell sprach sich das natürlich in der ganzen Stadt herum und einige Hotels schickten Kundschafter, um die Situation zu studieren.

Unser System hielt die kritische Beurteilung durch die Konkurrenz stand. Und somit konnte wir es beibehalten.

Dies war eindeutig das Verdienst von Shakira und natürlich auch des Kochs, denn der hatte sich ganz besonders große Mühe gegeben.

Natürlich war dafür auch eine Gehaltserhöhung fällig, aber die zahlte sich in solchen Fällen immer aus.

36. LAND UND LEUTE

Nachdem Shakira sehr schnell im Hotel Fuß fasste, brauchte sie ihre Mutter bald nicht mehr. Und damit war Emilia auch entlastet.

Sie hatte sich in den Kopf gesetzt, mir nun auch ihre Heimat näher zu bringen. Dazu fragte sie mich nochmals ganz geschickt aus, was ich schon alles in Ägypten gesehen hätte.

Also Kairo, Luxor, Karnak und Asuan würde ich schon kennen. Wie wäre es mit einer Schiffsreise über den Nasser-See?

Oder ob mich auch die Wüsten im Osten und im Westen interessieren würden? Da könnte man auch einen Kamelritt über mehrere Tage organisieren, um das Leben der Beduinen kennen zu lernen. Sehenswert sei auch das Katharinen-Kloster im Sinai. Oder ob ich lieber irgend wo ans Meer wolle. Sie würde mir jeden Wunsch erfüllen.

Natürlich ginge sie auch mit, das sei doch selbstverständlich.

Gut, sagte ich, fangen wir mit dem Nasser-See an. Da geht es sicher sehr beschaulich zu und wir haben etwas Zeit uns auch miteinander zu befassen.

Das fand sie sehr gut, denn ich hatte den Eindruck, sie wollte mir auch etwas sagen.

Als wir am Abend wieder gemütlich beisammen saßen begann sie zu erzählen.

Weißt du, dass ich mich nach meinem Studium auch weiterhin mit meinem Fach beschäftigt habe?

Nein.

Das wusste nicht mal mein Mann, denn der kam nie in mein Arbeitszimmer.

Ich habe mich hauptsächlich mit den Folgen des Nasser-Sees befasst.

Du kannst dir sicher vorstellen, dass die Aufstauung des Wassers weitreichende Folgen gehabt hat. Davon wurde aber nie etwas berichtet, obwohl es sehr viele Menschen betroffen hat. Mehr als 150.000 Menschen musste ihre Heimat verlassen und wurden zwangsumgesiedelt.

Ich recherchierte und kam auf bestürzende Ergebnisse. Doch bald merkte ich, dass meine Arbeit von Seiten der Regierung gar nicht mit Wohlwollen betrachtet wurde.

Eines Tages tauchte bei uns ein undefinierbarer Mann auf, der sich als Regierungsmitarbeiter aus gab. Er wollte unbedingt mit mir ein Gespräch führen über meine geplante Veröffentlichung. Er bot sich an meine Arbeit gegen zu lesen, bevor ich sie veröffentlichen wollte.

Da läuteten bei mir die Alarmglocken!

Ich ahnte, dass man die Veröffentlichung so ganz verhindern wollte.

Darauf erzählte ich ihm, dass ich das Projekt inzwischen ganz beiseite gelegt hatte, weil ich dazu jetzt keine Zeit mehr hatte.

Damit gab er sich aber nicht zufrieden. Er wolle dann wenigstens meine bisherigen Recherchen sehen.

Das war kein Problem, ich würde sie ihm in den nächsten Tagen zuschicken.

Tatsächlich stellte ich ein paar Seiten mit ganz banalen und unwichtigen, ja sogar unwahren Daten zusammen. Diesen Angaben schickte ich ihm.

Danach habe ich von ihm nichts mehr gehört.

Es war wohl zu unwichtig, sich weiter mit mir zu befassen.

Das war mein Glück.

In Wirklichkeit war ich mit meinen Recherchen bereits fast fertig und suchte nun nach einer Möglichkeit zur Veröffentlichung. Dabei kamen mir die Verbindungen zur Uni in Freiburg zu Gute. Die Professorin von Shakira wusste Rat. Sie stellte mir einen anderen Kollegen vor, der sich da auskannte.

Der schlug vor, meine Arbeit als Auftrag der Uni Freiburg laufen zu lassen. Dann könne ihr sicher nichts passieren.

Natürlich würde ihr Name dabei genannt werden.

Dem konnte Emilia zustimmen, ohne ein Risiko ein zu gehen.

37. SCHLUSS

Natürlich verwischten sich bald die Grenzen. Ich blieb nicht lange „Gast des Hauses"
Ich gehörte ab jetzt voll zur Familie.
Inzwischen bewohnten wir gemeinsam alle Räume des Hauses.
Nur Shakira bekam ihren eigenen Bereich.
An meiner Anwesenheit nahm inzwischen auch nun keiner mehr Anstoß. Das merkte ich daran, dass ich von allen voll akzeptiert wurde.
Unser Haus, es wurde im Volksmund inzwischen als **_Haus Emilia_** genannt, wurde zum kulturellen Zentrum der ganzen Umgebung.
Shakira gründete eine Frauenhilfsgruppe, in der die Frauen aufgenommen wurden, die entweder zu Hause tyrannisiert oder von ihren Männern verlassen worden waren. Das betrifft in Ägypten sehr viele Frauen.

Emilia war wieder in ihrem Beruf aktiv. Das Museum in Luxor hatte sie engagiert, um Vorträge über die Geschichte von Luxor zu halten.

Ihre Vorträge waren sowohl für Einheimische gedacht, wie für Touristen.

Dabei entwickelte sie einen ganz neuen Stil. Da sie perfekt war in Arabisch, aber auch in Englisch und Deutsch hatte sie jeden Vortrag in 3 Sprachen vorbereitet. Abhängig vom Publikum wählte sie dann die Vortrags-Sprache.

Und wenn sie ganz gut gelaunt war fragte sie sogar vor Beginn das Publikum, in welcher Sprache sie vortragen solle.

Das kam immer ganz besonders gut an.

Auch ich hatte mein Betätigungsfeld gefunden. Denn Ulrich Burkard tauchte wieder bei uns auf.

Natürlich durfte er ausnahmsweise bei uns im Hause wohnen. Außerdem hatte ich dort ein ganz großes Büro mit zwei PCs.

Er kam mit einem Auftrag seiner Firma. Er solle eine Broschüre ausarbeiten über die Umsetzung der beiden Tempel von Abu Simbel.

Er war aber mehr der Mann der Praxis.

Und so kam er händeringend zu mir, ob ich ihm nicht helfen könne. Material gab es genug und außerdem bestand jeder Zeit die Möglichkeit vor Ort zu recherchieren, denn mit seinem Flieger war es ja nur ein Katzensprung.

Das machte richtig Spaß.

Gerne war ich ihm bei der Verfassung behilflich.

Es dauerte keine 4 Wochen und wir hatten ein Büchlein mit über 300 Seiten, vielen Fotos und Skizzen beieinander.

Dafür gab es am Ende sogar noch ein Honorar.

Da die Vortragstätigkeit in unserem Hause immer intensiver wurde, schlug Shakira vor an das Hotel einen großen Veranstaltungsraum anzubauen. Er sollte über die

Eingangshalle des Hotels zugänglich sein und auch von der daneben liegenden Küche versorgt werden können.

Das Projekt war schnell umgesetzt. Und schon im nächsten Frühjahr konnten die ersten Vorträge beginnen. Die Nachfrage war so groß, dass fast das ganze Jahr ausgebucht war. Denn auch die Kreuzfahrschiffe schickten ihre Passagiere inzwischen hierher.

Mit der Zeit ergab sich ein völlig buntes Programm.

Auch die Jugend wurde bedient mit Jazz-Veranstaltungen. Sogar das Kabarett bekam hier Platz.

Aber der Mittelpunkt war nach wie vor die Vortragsreihe von Emilia über die Geschichte Ägyptens.

Schließlic beteiligte ich mich auch mit einer Lesung aus dem Buch über die Rettung der Abu-Simbel-Tempel.

Das Leben im Hause Emilia war aufregend aber immer interessant. Ständig gab es etwas Neues.

Auch die Freundinnen von Emilia kamen noch regelmäßig vorbei. Sie umschmeichelten mich, als wenn sie anbändeln wollten.

Aber **Emi,** so nannte ich sie nun,

konnte keine andere Frau das Wasser reichen!